Gabi Schmid

Herbststürme

Roman aus der Reihe

»Aus Träumen werden Geschichten«

Band 1 – Pia und Alex

Lektorat: Bettina Dworatzek und Ursula Hahnenberg · buechermacherei.de
Covergestaltung: Corina Witte-Pflanz · ooografik.de
Autorenfotos: Nicole Geck · geck-fotografie.de
Bildnachweise: #220902484, #250375989, #274030105, #312397087, #372225023, #509983485, #800570506, #932221922, #228328778, #34367196, #732219210 | AdobeStock

ISBN: 978-3-8495-7032-3
1. Auflage (September 2013)
2. neu überarbeitete Auflage (Februar 2024)
3. Auflage (Februar 2025 – neue Cover)

Wie immer:

Für meine drei Männer

Liebe Leser:innen,

meine Liebe zu Büchern begann schon sehr früh, als meine Mutter mir die ersten Geschichten von Nesthäkchen vorlas. Erst Jahre später entdeckte ich, dass es sich um eine ganze Reihe der Autorin Else Ury handelte, und schon war ich gefangen in der Welt der Bücher und Serien, was mit den Reihen von Berte Bratt später eine Fortsetzung fand. Diese Bücher, die teilweise aus den Jahren 1948–1951 stammen, besitze ich noch heute.

Was lag also näher, als später als Autorin meine eigenen Serien zu erfinden, wie diese Kurzroman-Reihe

Aus Träumen werden Geschichten,

die in der fiktiven kleinen, schwäbischen Strohgäu-Gemeinde

Mittsingen

spielt, die in der Nähe der – ebenfalls fiktiven – Kreisstadt Eschingen liegt. Beide Orte sind umgeben von Wäldern und Feldern und werden vom Perlbach durchzogen.

In jedem Band spielen andere Personen die Hauptrolle, doch tauchen alle Beteiligte auch in den folgenden Bänden auf. Man darf am Leben dieser Kleinstadt, mit seinen Einwohnern, den Alltagsproblemen, deren Glück und Unglück, lebensnah teilhaben.

Der Stadtplan von Mittsingen befindet sich im Anhang. Alle Charaktere, Handlungen, Gegend und Gelände sind wie die Ortsnamen frei erfunden und bieten keinerlei Bezug zu wahren Begebenheiten.

Viel Spaß mit den Bewohnern von Mittsingen,

Eure Gabi Schmid

1

»Das kann nicht euer Ernst sein!«

Pia Röcker sah einen nach dem anderen an und überlegte krampfhaft, ob sie etwas falsch aufgefasst hatte. Doch der schuldbewusste Blick ihrer Mutter sprach Bände, da dämmerte es ihr: *Sie hatte sehr wohl alles richtig verstanden!*

»Habt ihr sie noch alle? Ein – ganzes – Jahr! Wisst ihr denn, wie lang das ist?«

»Oh, ja klar – es sind genau dreihundertfünfundsechzig Tage. Außer – wir hätten ein Schaltjahr«, erwiderte ihr Stiefbruder Alexander in aller Seelenruhe und widmete sich wieder hingebungsvoll seinem Steak.

Pia verschluckte die Erwiderung, die ihr auf der Zunge lag. Nur ihre sonst so sanften, braunen Augen feuerten wütende Blicke in Alexanders Richtung ab, die aber verpufften, da er den Blick stur auf seinen Teller gesenkt hielt. Sie strich eine dunkle Strähne hinter ihr Ohr, suchte den Blick ihrer Mutter, die sie nicht aus den Augen ließ, und krauste ungehalten die Nase.

»Mama, wie soll das gehen?«

»Nun ja, Tobias ist schließlich jeden Tag bis zwei Uhr in der Schule ...«

Pia ließ ihre Mutter gar nicht erst ausreden. »Super! Soll ich jetzt mein Fotostudio vielleicht ein Jahr lang nur noch halbtags öffnen?«

»Ist doch nicht das erste Mal, dass sie weg sind«, meldete sich Alexander erneut zu Wort.

Sein süffisantes Grinsen brachte Pia endgültig auf die Palme. »Halt du bloß die Klappe!«, zischte sie in seine Richtung, lehnte sich mit verschränkten Armen im Stuhl zurück und betrachtete die versammelte Runde, in der jeder plötzlich ihrem Blick auswich oder sich sehr geschäftig auf den eigenen Teller konzentrierte.

Sie waren eine typische Patchwork-Familie: Ihre Mutter, Marie, hatte vor dreizehn Jahren den alleinerziehenden Witwer, Fred Pröhl, kennen- und liebengelernt. Jeder hatte ein Kind mit in die Ehe gebracht: Marie, die damals dreizehnjährige Pia, und Fred, den fünfzehnjährigen Alexander. Aus vier wurden dann später mit Tobias fünf. Sechs, wenn man den Hund mitzählte, der treuherzig neben Tobias auf der Holzterrasse lag und immer wieder laut schnaufte, als wundere er sich über die Aufregung, die plötzlich am Tisch herrschte.

Alle saßen sie an diesem sommerlichen Sonntagmittag auf der Terrasse ihres Elternhauses beim Mittagessen. Der Grill qualmte noch am Rand der Terrasse vor sich hin, die Blumen im Garten standen in voller Blüte und die Rosen ihrer Mutter verströmten einen fast schon betörenden Duft. Der Rasen war frisch gemäht und die Nussbäume, auf denen sie als Kinder immer geklettert waren, bogen sich schon jetzt unter den Massen unreifer Nüsse.

Obwohl die heute sechsundzwanzigjährige Pia und der zwei Jahre ältere Alexander nicht mehr zu Hause wohnten, war es Tradition, sich jeden zweiten Sonntag im Monat bei den Eltern zu treffen. Vor einer Stunde war Pia gutgelaunt eingetroffen und bis vor kurzem hatte alles nach einem gemütlichen Familienessen ausgesehen. Bis Fred ganz beiläufig verkündet hatte, dass das Institut für Klimatologie und Meteorologie, an dem er und Marie als Dozenten beschäftigt waren, einen einjährigen Forschungsauftrag erhalten habe. Diese Nachricht war wie eine Bombe in die friedliche Sonntagstimmung geplatzt. Und Pia hatte sofort hellhörig nachgefragt, wer denn dann in dieser Zeit auf Tobias aufpassen würde.

Ihre Mutter hatte erst mal sehr bedeutsam geschwiegen und Pia hatte augenblicklich nichts Gutes geschwant, was durch Alexanders nächsten Satz auch bestätigt wurde.

Der hatte nämlich im Brustton der Überzeugung erklärt, alles wäre kein Problem, schließlich hätte Pia schon häufiger auf Tobias aufgepasst. Pia war daraufhin ganz gegen ihr ruhiges, ausgeglichenes Naturell losgegangen wie eine Rakete und sie schäumte immer noch.

»Reg dich doch nicht so auf«, meinte Alexander jetzt gelangweilt und sah als Einziger auf.

»Wenn du alles besser weißt, dann kümmere *du* dich doch um Tobias. *Schließlich ist er auch dein Bruder!*«

»Fred, jetzt sag doch auch mal was!«, forderte Pias Mutter ihren Mann auf, während Pia weiterhin wütende Blicke mit Alexander tauschte.

Pias Stiefvater räusperte sich umständlich, doch Tobias platzte dazwischen. »Tucker muss auch versorgt werden.«

Noch während er redete, steckte er völlig unauffällig seinem Mischlingshund ein Fleischstückchen zu.

Pia sah, wie ihr zehnjähriger Bruder, um den es bei dieser Diskussion ging, grinsend erst zu ihr, dann wieder zu Alexander schaute. Nun tippte er sich zu allem Überfluss noch mit dem Zeigefinger an die Stirn. Sein nächster Kommentar ließ keinen Zweifel: »Die spinnen doch wieder, die beiden.«

»Tobi, bitte halt du dich da raus!« Ihre Mutter schüttelte besorgt den Kopf und gab ihrem Mann einen Schubs. »Also, Fred, was wolltest du sagen?«

»Erst mal ganz ruhig, Pia. Wir finden eine Lösung! Auch wenn alles für euch sehr überstürzt kommt. Es war für uns lange nicht klar, ob wir überhaupt eine Finanzierung hinbekommen. Warum sollte ich im Vorfeld schon alle Pferde scheu machen?«

»Aha!« Pia knirschte mit den Zähnen. »Nur mal so rein interessehalber. Wie lange plant ihr das schon? Schließlich kommt man doch nicht zwischen Tür und Angel auf so eine Schnapsidee!«, als sie kollektives Schweigen als Antwort erntete, hakte sie nach. »Mama?«

»Nun ja ... Ein halbes Jahr vielleicht. Aber ...«

Fred ließ ihre Mutter nicht ausreden. »Wir wissen gerade erst seit vier Wochen, dass wir fliegen können. Dies ist eine einmalige Chance für unser Institut.«

»Ha – super! Und wie sollen wir das so kurzfristig organisieren?« Pias Entrüstung war nicht zu überhören.

»Du hast ja recht. Wir hätten schon längst mit euch reden sollen. Aber zuerst warst du wochenlang jedes Wochenende mit Hochzeiten ausgebucht, dann war Alex in Düsseldorf. Sieh mal, wie deine Mutter schon sagte, Tobias ist jeden Tag bis vierzehn Uhr in der Schule. Er kann dann direkt zu dir ins Fotostudio gehen, dort seine Hausaufgaben machen, er stört auch bestimmt nicht ...«

Pia schüttelte den Kopf und verdrehte die Augen bei den Erklärungsversuchen ihres Stiefvaters. »Er wird sich zu Tode langweilen. Bei mir ist zurzeit die Hölle los. Ich werde mich nicht um ihn kümmern können, geschweige denn, ihm bei den Hausaufgaben helfen. Wie stellt ihr euch das vor? Erst das Weihnachtsgeschäft, dann Silvester. Hab ich das dann hinter mir, kommen schon wieder die ganzen Hochzeiten im Frühling ... *Ein – ganzes – Jahr, Mama!*«

Fred ließ seine Frau auch jetzt erst gar nicht zu Wort kommen. »Was hältst du davon, wenn wir eine Halbtagskraft für dich suchen? Ich übernehme auch die Kosten.«

»Kommt nicht in Frage! Wenn überhaupt, zahle ich die Aushilfe.« Pia merkte selbst, dass sie nur noch halbherzig protestierte.

»Meinst du vielleicht, uns fällt das leicht? Aber es ist doch nur ein Jahr.« Marie versuchte nun, die gereizte Stimmung zu beschwichtigen.

»Nur?« Pia verschlug es kurzzeitig die Sprache. Ein Jahr konnte unendlich lang sein. Ein Jahr lang ihren kleinen Bruder zu versorgen, war eine kaum zu bewältigende Aufgabe. Nicht, dass sie dies nicht wollte, aber sie besaß das Fotostudio, das sie in der jetzigen Aufbauphase schon genug forderte. Sie schüttelte den Kopf. »Das geht nicht. Bitte, Mama, das ist unmöglich.«

Ihre Mutter nickte betrübt. Sie verschränkte ihre Hand mit der ihres Mannes. »Ich hab's geahnt. Fred, ich bleibe hier, das hat doch keinen Sinn.«

»Marie, das kommt überhaupt nicht in Frage. Pia, lass uns vernünftig überlegen, ob wir nicht eine Lösung finden können. Ich brauche deine Mutter vor Ort.«

»*Ich weiß wirklich nicht, was an dieser Schnapsidee vernünftig ist!*« Pia verkniff sich ein frustriertes Lachen. Sie legte ihr Besteck neben ihren Teller und wischte sich mit der Serviette den Mund ab. »Jetzt mal ernsthaft. Wie soll das funktionieren? Ich hab jetzt mein zweites Weihnachtsgeschäft vor mir. Endlich schreibe ich schwarze Zahlen ...«

»Ach was? So schnell?« Alexander mischte sich erstmals wieder ein und schob grinsend ein Stück Brokkoli in den Mund.

»Ja, so schnell!« Pia schnitt eine Grimasse und beherrschte sich gerade noch, ihm wütend die Zunge rauszustrecken. Ihr Tonfall nahm eine fast flehende Klangfarbe an. »Bitte, Mama. Kann Tante Monika nicht einspringen?«

»Nein! Bitte nicht!« Tobias sah aus, als würde er gleich in Tränen ausbrechen und Pia bekam ein schlechtes Gewissen, als sie an die ledige, etwas schrullige Schwester ihrer Mutter dachte.

»Das wäre wirklich die allerletzte Lösung«, murmelte ihre Mutter und senkte wieder den Blick. »Aber mit Heidi hab ich schon gesprochen, sie wird ab und zu einspringen.«

»Wann denn? Vielleicht, wenn sie einmal im Jahr keinen Notdienst hat?« Pia schüttelte den Kopf; das war mehr als unrealistisch, schließlich arbeitete Heidi Wartmann, die Freundin ihrer Mutter, als Notärztin und war mehr unterwegs als zu Hause. »Also bitte, Mama, sei mal realistisch. Es bleiben also nur Alex und ich, aber ich kann es nicht machen, selbst wenn ich wollte. Es geht nicht – egal, was der da sagt.« Sie zeigte mit der Gabel auf Alexander, der sich sein Essen ungerührt schmecken ließ.

Alexander hob den Kopf und streifte sie kurz mit seinem ureigenst für sie reservierten, überheblichen Blick, was Pia jedes Mal einen Schock versetzte und sie traurig stimmte.

Es war kaum zu glauben, dass einmal alles ganz anders gewesen war: Alexander und sie waren vom ersten Moment an unzertrennlich gewesen, als ihre Mutter und Fred geheiratet hatten, obwohl sie gegensätzlicher nicht sein konnten: Alexander, groß und kräftig, blonde, lockige Haare, die er meist zum Pferdeschwanz zusammenband. Sie, zierlich und klein, mit schwarzen Haaren, die ihr bis zur Hüfte reichten. Er offen, kontaktfreudig und immer ein lustiges Wort auf den Lippen, sie selbst verschlossen, eher ruhig und gern für sich. Und trotz aller Unterschiede hatten sie von der ersten Minute einen ganz besonderen Draht zueinander gehabt.

Doch aus heiterem Himmel hatte im letzten gemeinsamen Skiurlaub vor einem Jahr die Stimmung umgeschlagen. Pia konnte sich bis heute nicht erklären, warum Alexander ihr seither aus dem Weg ging und sich ihr gegenüber so feindselig verhielt.

»Jetzt mach mal einen Punkt, Pia! *Der da* hat außerdem einen Namen.« Marie blickte wütend von einem zum anderen.

»Er fängt doch immer an.« Pia stocherte in ihrem Salat. »Ich wüsste nicht, wie es hinhauen sollte«, grummelte sie.

»*Die da*«, Alexander deutete seinerseits mit der Gabel auf Pia, »... ist doch bloß immer noch sauer, weil ich nicht ihre blöde Buchhaltung mache.«

»*Hast du sie noch alle?*« Pia platzte der Kragen. Nie im Leben hätte sie zugegeben, dass er die Wahrheit aussprach. »Träum weiter.«

»Mensch, Pia – Alex. Was ist denn los mit euch? Könnt ihr euch eigentlich nicht mehr wie normale Menschen unterhalten? Das ist ja inzwischen kaum noch auszuhalten.« Man konnte den Ärger ihrer Mutter deutlich aus den Worten heraushören. Marie stapelte zwei Schüsseln aufeinander und stand auf. »Ich wusste doch gleich, es geht nicht.«

»Marie, setz dich!« Fred hielt seine Frau am Arm zurück. »Pia, ich weiß, dass es eine echte Zumutung ist, aber sag mir, was ich tun soll. Ich setze wirklich alle Hebel in Bewegung. Ich stelle ein Kindermädchen ein, aber ich kann und möchte die Reise nicht absagen. Das wäre ein Fiasko für den Lehrstuhl.«

»Und warum ausgerechnet Salo-Dingsda? Kann man euch da überhaupt erreichen?« Pia war jetzt kurz davor, in Tränen auszubrechen, da sie selbst merkte, wie sie immer mehr einknickte und der Berg vor ihren Augen immer größer wurde.

»Sa-lo-monen, Pia. Die Inseln liegen bei Papua-Neuguinea und nur jetzt ist dort Regenzeit. Natürlich sind wir dort erreichbar, schließlich gibt es heutzutage Skype und Handys. Und, bitte, du kannst es dir denken … Ich brauche deine Mutter, sie ist genau auf die Vorhersagen solcher tropischen Stürme spezialisiert. Und … es ist schließlich nicht das erste Mal, dass sie mitkommt.«

»Da waren es höchstens ein paar Wochen. Aber – ein Jahr. Oh, Mann!« Pias schlechtes Gewissen pochte nun schon unerträglich in ihrem Kopf. Sie wusste selbst, irgendwie würde es schon gehen. »Ich kann Tucker gerne zu mir nehmen, aber … ich weiß nicht …«

»Wir könnten uns abwechseln. Drei Tage du, drei Tage ich. Wochenende gemeinsam.«

»Ich – arbeite – samstags«, knurrte Pia Alexander an.

»Ach was?«

Pia wusste wohl, Alexander machte dies mit Absicht, doch sie tappte stockvoll in die Falle und stieß einen genervten Seufzer aus, den er mit einem fiesen Grinsen quittierte. Fast gleichzeitig gab er seinem kleinen Bruder einen Schubs. »Dann halt den halben Samstag gemeinsam. Na, wie wäre das, Kumpel?«

»Super! Bitte, Pia!«

Als Tobias sie mit seinen großen, hellblauen Augen anstrahlte, schmolz Pia dahin. Wie immer hatte sie keine Waffe gegen sein Lächeln. Vom ersten Moment an war sie in diesen kleinen Sonnenschein vernarrt gewesen. Trotzdem wollte sie nicht kampflos aufgeben. »Und wie soll das dann rein logistisch gehen? Ich hab keinen Platz in meiner Wohnung.«

»Dann ziehen wir beide eben wieder hier ein. Du in dein altes Zimmer, ich in meines.«

»Nie im Leben!«, protestierte Pia.

»Herrgott, sei doch einmal vernünftig. Hier geht es um Tobias. Nicht um dich, nicht um mich! Ich könnte es einrichten. Ich bin bis zum Wirtschaftsprüferexamen im Frühjahr von der Firma freigestellt. Es ist egal, wo ich lerne. Prüfung hab ich erst im März, dann ist das erste halbe Jahr schon rum. Ich könnte anschließend versuchen abzuklären, ob ich teilweise von zu Hause arbeiten darf. Vorschlag zur Güte: Du kümmerst dich morgens vor der Schule um ihn und abends, den Rest mach ich.«

»Wer kocht, wer spült, wer wäscht? Du vielleicht?« Pia wurde knallrot vor Wut, gab aber nach, als sie den frustrierten Gesichtsausdruck ihrer Mutter sah.

»Okay, ich mach's. Aber nur, wenn der Kerl hier nicht einzieht!«, sprach's, schnappte einen Stapel Teller und verschwand in der Küche. Hinterdrein hallten ihr die unterschiedlichsten Kommentare.

Erst ein jubelndes: »Super, Pia. Ich bin auch ganz brav.«

Dann ein besorgtes: »Pia, bitte.«

Und schließlich ein brummiges: »Diese blöde ...«

Sie wollte Alexanders Ausführungen gar nicht hören und gab der Küchentür einen Stoß, die so lautstark ins Schloss krachte, dass die Gläser im Schrank klirrten. Jetzt konnte sie einen Fluch nicht mehr unterdrücken.

Ein Jahr lang musste sie jetzt diesen arroganten Affen ertragen, der sich seit neuestem aufführte, als sei sie aussätzig. Mann, das konnte ja heiter werden!

»Was sollst du?«

Alexandra Frey starrte Pia verblüfft an. Sie schüttelte die roten Locken, die zu einem Pferdeschwanz gebunden waren und dabei ausladend hin- und her schwangen. Ihre grünen Augen leuchteten vor Neugier, sodass sich Pia unter ihrem Blick ziemlich unbehaglich fühlte.

»Du hast es völlig richtig verstanden. Fred und Mama fliegen in acht Wochen auf die Salomonen, irgendeine

Miniwinz-Insel bei Neuguinea. Für ein Jahr! Und ich hab die zweifelhafte Ehre, Tobias zu versorgen ... zusammen mit Alex.«

»Und wie soll das bitte funktionieren?« Alexandra verschränkte ihre Arme vor der Brust und lehnte sich an den Kleiderschrank, den sie eben ausgewischt hatte. »Alex und du – oh jemine!«

Pia lachte. Nach einer unruhigen Nacht hatte sie sich inzwischen etwas vom Schrecken erholt, wenn auch noch nicht beruhigt. Sie war nach Ladenschluss auf einen Abstecher bei ihrer besten Freundin vorbeigefahren und hatte diese mitten in einer groß angelegten Putzaktion vorgefunden. Beide standen sie nun im Kinderzimmer von Alexandras Bruder Daniel und hier sah es ähnlich unordentlich aus wie im Zimmer von Tobias. Die beiden Zehnjährigen schienen sich nicht nur gut zu verstehen, sondern waren offenbar mit demselben chaotischen Ordnungssinn ausgestattet. Auf dem Boden gab es kaum ein Fleckchen, das nicht mit Legobauwerken zugestellt war und der Schreibtisch sah aus, als würde er demnächst unter der Last zusammenbrechen.

»Wenn du mir sagst, was dich an diesem Chaos hier so amüsiert, kann ich vielleicht mitlachen.« Alexandras Stimme klang etwas mürrisch.

»Ich denke gerade, dass mir dann das Gleiche blüht.« Pia deutete auf den Wassereimer und die Unordnung und lächelte ihre Freundin an.

Alexandra war ein Jahr älter als sie selbst. Sie hatten sich einst kennengelernt, als Daniel sich zu Kindergartenzeiten mit Tobias verabredet hatte. Sie waren heute, wie Daniel und Tobias, unzertrennlich. Auch die Familien hatten sich angefreundet und viel gemeinsam unternommen. Alles passte damals wunderbar.

Doch dann hatte das Schicksal grausam zugeschlagen: Ein Geisterfahrer hatte vor fünf Jahren Alexandras Eltern in den Tod gerissen. Die damals zweiundzwanzigjährige Alexandra hatte von heute auf morgen ihr Studium abgebrochen und ohne zu klagen die Aufgabe auf sich genommen, sich um ihre jüngeren Geschwister, Daniel und Nathalie, zu kümmern. Das alles beeindruckte Pia immer wieder aufs Neue. Sie unterstützte Alexandra, wann immer sie konnte. Ebenfalls imponierte Pia, dass Alexandra selten jammerte und nie aufgab.

Dieses Unglück hatte die jungen Frauen noch mehr zusammengeschweißt. Die Freundschaft war beständig wie der Kölner Dom, wie Alexandra einmal auf einem Ausflug dorthin staunend zu Pia gesagt hatte: »Wenn wir mal so alt sind und immer noch befreundet, dann waren wir wirklich unzertrennlich.«

Sie hatte nur lachend den Kopf geschüttelt und entgegnet: »Sei mir nicht böse, Lexi. Aber ich hab nicht vor, neunhundert Jahre alt zu werden.«

»Ich meine doch nicht den Dom!«, hatte Alexandra lächelnd erwidert und auf zwei ältere Damen gezeigt, die etwas abseits, einander untergehakt auf dem Domplatz standen, und ebenfalls das herrliche Gebäude bestaunten.

Pia schüttelte die Erinnerungen ab und beschäftigte sich wieder mit den Problemen der Gegenwart. »Ich frage mich wirklich, wie ich das schaffen soll. Zusammen mit Alex, das wird der blanke Horror.«

»Stellt sich Alex immer noch so komisch an?«, fragte Alexandra.

»Schlimmer! Der guckt mich immer an, als würde er mich am liebsten auf den Mond schießen.«

»Hat er jemals rausgelassen, was eigentlich los ist?«

»Ich hab keinen Schimmer.« Pia schüttelte den Kopf und wechselte das Thema. »Lexi, kann Nathalie vielleicht am Wochenende wieder bei mir aushelfen?« Alexandras inzwischen fünfzehnjährige Schwester assistierte ihr immer mal wieder beim Shooting von Hochzeiten.

»Ich frag sie. Aber sie ist momentan überhaupt nicht gut drauf.«

»Pubertät oder ihr Auge?«, hakte Pia nach. Nathalie war damals bei dem Unfall so schwer verletzt worden, dass sie nur knapp überlebt und vermutlich als Spätfolge nach und nach ihr Augenlicht auf dem rechten Auge verloren hatte. Alles Vermutungen, denn kein Arzt fand die wahre Ursache für den Sehverlust. Seit Ostern war das Auge vollständig erblindet, was ihr verständlicherweise furchtbar zusetzte, sodass es Alexandra momentan nicht sehr leicht mit ihr hatte.

Die seufzte, »Ich bekomme es zum ersten Mal nicht aus ihr heraus.« Alexandra warf den Putzlappen so frustriert in den Eimer, dass es nach allen Seiten spritzte. »Manchmal steht mir das ganze Elend echt bis hierhin.« Sie hob ihre Hand bis unter ihr Kinn.

Dieser eine Satz bewirkte, dass Pia ein schlechtes Gewissen bekam. Sie jammerte herum, weil sie ein Jahr lang das machen musste, was Alexandra seit fünf Jahren für zwei Kinder ohne jegliches Murren tat – nämlich für ihre Geschwister zu sorgen.

»Ich rede mal mit ihr«, murmelte sie leise und half Alexandra, Daniels Kleidungsstücke wieder ordentlich in den Schrank zu räumen. »Gibt es eigentlich endlich mal wieder was zu lesen? Ich würde gerne wissen, wie es nun mit *Sina* weitergeht?«

Alexandra schüttelte den Kopf. »So schnell bin ich auch wieder nicht. Aber ich verspreche dir, du bist die Erste, die das Manuskript zum Lesen bekommt.«

»Und die Einzige! Lexi, wann schickst du es endlich mal an einen Verlag? Ich bin sicher, irgendwo sitzt ein Verlagsleiter, der deine Krimis gerne ins Programm nehmen würde.«

»Ha, bestimmt.« Alexandras Stimme triefte vor Ironie. »Ich zeige dir gerne mal den Ordner mit den Absagen.«

»Wenn du es nicht versuchst, wird es nie klappen«, versuchte es Pia erneut. Alexandra schrieb seit Jahren an einer Krimireihe über eine schwäbische Kommissarin – nur für sich und zu Pias Lesevergnügen. Dies hielt Pia aber nicht davon ab, immer mal wieder nachzubohren, wann Alexandra endlich den Mut finden würde, damit an die Öffentlichkeit zu gehen.

»Komm, wir lassen es uns jetzt gutgehen. Ich hätte noch ein Schlückchen Weißwein im Kühlschrank.« Alexandra trat vom Schrank zurück, schloss die Türen und sah sich zufrieden im Zimmer um. »Und dann reden wir über was Erfreuliches.«

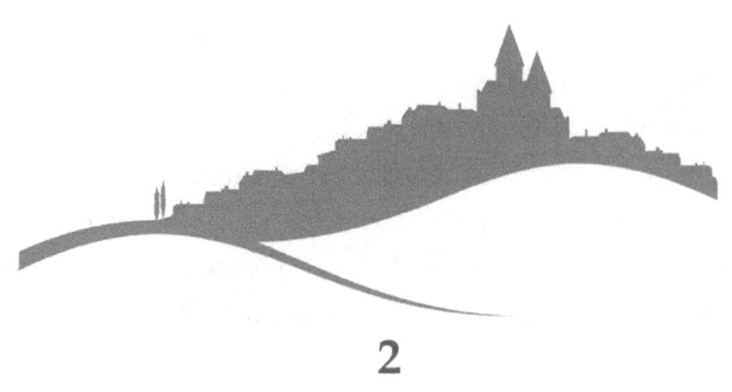

2

»So, jetzt sind sie also weg!«

Anfang Oktober standen sie zu dritt auf der Besucherterrasse des Stuttgarter Flughafens und schauten dem Flugzeug hinterher, das immer kleiner und schließlich ganz von den Wolken verschluckt wurde.

Pia wandte sich zu ihrem kleinen Bruder, der immer noch winkte, obwohl das Flugzeug längst nicht mehr zu sehen war. Sie strich ihm liebevoll durch seine dichte Mähne.

»Hoffentlich hast du nicht allzu viel Sehnsucht nach Mama und Papa.«

»I wo!«, meinte Tobias und straffte sich heldenhaft. Gleich darauf begann seine Unterlippe leicht zu zittern. »Ich hab ja euch.«

Pia ging in die Hocke und nahm ihn in den Arm. »Genau! Und egal, was in den nächsten Wochen los ist, wir sind für dich da. Komm, wir bringen dich jetzt in die Schule.« Sie warf Alexander einen mahnenden Blick zu, doch der wandte den Blick hastig ab. Also ignorierte sie ihn ebenfalls, während sie gemeinsam zum Ausgang gingen.

»Wenn du nachher also von der Schule kommst, dann ist Alex da. Ich komme direkt nach Ladenschluss und löse ihn ab.«

»Machen wir auch mal was zusammen?«

»Klar!« — »Vielleicht!«

Tobias sah frustriert von einem zum anderen. »Ihr streitet jetzt aber nicht die ganze Zeit?«

»Nein, natürlich nicht.« Pia warf Alexander einen weiteren warnenden Blick zu, der bloß mit den Schultern zuckte und das Auto aufschloss.

Wenn sie nur wüsste, warum er sich so distanziert benahm? Pia war ratlos, ein normales Gespräch zwischen Alexander und ihr kam nur noch selten zustande. Meist ignorierte er sie oder verfiel nach kürzester Zeit grundlos in einen gereizten Tonfall, der sie zudem jedes Mal total verunsicherte.

Nachdenklich musterte sie ihn. In seinem dunklen Anzug, den er heute trug, dem Hemd und der Krawatte sah er noch viel umwerfender aus, als in den üblichen Jeans und Shirts. Sie war schon immer stolz gewesen, einen so attraktiven Bruder zu haben. Doch er würdigte sie auch heute keines Blickes, startete das Auto und fuhr vom Parkplatz. Lautlos fluchte sie und starrte durchs Fenster, während Alexander Richtung Schnellstraße fuhr. Die Fahrt verlief schweigend, bis auf die Kommentare, die Tobias alle paar Minuten vom Stapel ließ. Sie lieferten erst ihn in der Schule ab und ein paar Minuten später parkte Alexander in der Nähe ihres Fotostudios mitten im Ortskern von Mittsingen, der kleinen Strohgäugemeinde in der sie alle lebten.

»Danke fürs Bringen.« Pia stieg aus und wandte sich noch einmal zu ihm. »Bleibst du heute Abend zum Essen?«

Alexander drehte sich zu ihr im Sitz herum und kniff die Augen zusammen. »Nein, Pia, bestimmt nicht. Wir werden jetzt nicht auf Familie machen. Ich gehe, wenn du kommst. Du wolltest ja nicht mit mir unter einem Dach leben.«

»Ich habe dich nicht gebeten, mit mir ins Bett zu gehen, sondern dich lediglich gefragt, ob du zum Essen bleibst«, konterte Pia in verletztem Tonfall. »Weiß du, so langsam wird mir das zu blöd. Ich dachte ja nur, dass wir Tobias zuliebe einigermaßen normal miteinander umgehen könnten.«

»Dann lass mich doch einfach in Ruhe!«

Pia zuckte zusammen und schlug reflexartig mit der Hand auf das Autodach, doch dann riss sie sich zusammen. »Was soll das eigentlich? Alex, erklär mir doch bitte mal, was in dich gefahren ist. Seit wir das letzte Mal in Radstadt waren, scheine ich ein rotes Tuch für dich zu sein.«

»Das ist doch nicht ...«

»Wohl ist das wahr und ich weiß nicht, was ich dir getan haben soll. Gib mir bitte einen Tipp.«

»Ich will nicht darüber reden.«

Gott, der reagierte beleidigter als Tobias.

»Gut, ich hab's versucht. Versuch du jetzt wenigstens, deine Aversionen gegen mich zu unterdrücken.« Wütend schlug sie die Autotür zu und eilte davon. Was machte sie sich eigentlich dauernd Gedanken über etwas, das sie sowieso nicht ändern konnte? Blieb nur zu hoffen, dass er sich jetzt zusammenriss, sonst würde sie über kurz oder lang explodieren.

Nachdem Alexanders VW nicht mehr zu sehen war, ließ sie den Blick über die Hauptstraße schweifen und atmete tief durch.

Mittsingen war eine typische Gemeinde inmitten des schwäbischen Strohgäus, die mit den Jahren durch Neubaugebiete immer stärker angewachsen war. Die Kreisstadt

Eschingen lag mit dem Auto eine Viertelstunde entfernt und die Anbindung über öffentliche Verkehrsmittel nach Ludwigsburg und Stuttgart war gewährleistet. Alles in allem war es eine beschauliche Kleinstadt inmitten von fruchtbaren Böden und weit ausgedehnten Wäldern, die vom Perlbach samt seinen typischen Weidenufern durchzogen wurde.

Und hier fühlte sie sich wohl; hier in diesem Ort mit seinen etwas mehr als sechstausend Einwohnern.

Hier war sie aufgewachsen, nachdem ihr Stiefvater und ihre Mutter kurz nach der Hochzeit am Ortsrand ein Haus gekauft und renoviert hatten und sie hatte nie woanders leben wollen. Und hier hatte sie nun seit knapp zwei Jahren ihr Fotostudio.

Die Häuser in der verkehrsberuhigten Hauptstraße waren unterschiedlichen Baujahrs. Aber gerade dies machte den Charme dieser Straße aus. Hier gab es alles: vom Bäcker an der Ecke, über den Friseur, die Metzgerei, mehrere kleinere Bekleidungsgeschäfte, einen Obst- und Gemüseladen, ihr Fotostudio und schräg gegenüber, in einem uralten Fachwerkhaus, Alexandras Buchladen, den gerade ein Kunde verließ.

Als die hellklingende Glocke der Kirche, die weit sichtbar auf einem kleinen Hügel thronte, die Stunde schlug, erinnerte sich Pia daran, dass sie sowieso schon später als üblich dran war.

Kaum hatte sie ihr Geschäft aufgeschlossen, das Schild umgedreht, das nun signalisierte, dass sie den Laden geöffnet hatte, den PC hochgefahren und die Kamera geprüft, klingelte auch schon die Ladenglocke und Pia war von ihren Grübeleien für die nächsten Stunden abgelenkt.

Die erste Woche zog überraschenderweise völlig reibungslos vorüber. Doch, als hätte Pia dem Frieden nicht getraut, nahm der Waffenstillstand freitagabends ein abruptes Ende.

Pia hatte Alexander einen Tag zuvor gebeten, an diesem heutigen Freitag länger zu bleiben, da sie sich entschlossen hatte, ihr Büro übergangsweise bei ihren Eltern aufzubauen. Dadurch, dass sie jeden Abend pünktlich Feierabend machte, war sie mit mehreren Aufträgen im Rückstand, die sie aber auch zu Hause aufarbeiten konnte, sofern ihr Equipment stimmte. Also fuhr sie in ihre Wohnung, goss ihre Blumen, lud alles, was sie benötigte in ihr Auto und transportierte es zu ihrem Elternhaus. Mehrfach lief sie hin und her und stapelte die Kartons im Flur. Als sie schließlich den großen Laserdrucker ins Haus schleppte, hörte sie Alexanders Stimme hinter sich.

»Liebe Zeit, warum sagst du nichts? Ich hätte dir doch geholfen.« Alexander eilte aus dem Wohnzimmer zu ihr und wollte ihr den Drucker abnehmen.

»Du? Mir?« Pia zerrte am Drucker, doch Alexander war stärker. Bevor das sündhaft teure Gerät Schaden nahm, ließ sie lieber los und strich mit einer wütenden Bewegung eine Strähne aus der Stirn. »Ich beiße mir eher die Zunge ab, als dich jemals wieder um Hilfe zu bitten. Und jetzt gib her, ich schaffe das alleine.«

»Das ist völliger Schwachsinn. Der Drucker ist viel zu schwer. Wohin?« Er wartete ihre Antwort erst gar nicht ab, sondern ging den Flur entlang.

»So schwer ist der gar nicht. Gib mir den verdammten Drucker.« Pia beeilte sich, ihn einzuholen. »Ich will deine Hilfe nicht!«

»Weißt du was? Du kannst mich mal.« Alexander drückte mit dem Ellbogen die Tür zum Arbeitszimmer seines Vaters auf und stellte den Drucker auf den Tisch. Dann baute er sich wütend vor Pia auf. »Ich hol jetzt den Rest und dann hast du mich das Wochenende gesehen.« Fluchend stapfte er davon.

»Meinetwegen, wahrscheinlich ist es sowieso besser, du schmollst zu Hause. Tobias wollte morgen früh eh zu Daniel.« Sie folgte ihm, biss die Zähne zusammen und zählte bis zehn, bevor sie weitersprach. »Du müsstest dich aber bitte nächsten Samstag um Tobias kümmern. Ich muss eine Hochzeit fotografieren.«

»Na klasse! Mir bleibt auch gar nichts erspart.« Die letzten Worte musste sie sich denken, da die Haustür krachend hinter ihm ins Schloss fiel.

Ohne Alexander verliefen der Samstag wie der Sonntag wesentlich entspannter, und Pia versuchte, ihn aus ihren Gedanken zu streichen, was leider nicht immer gelang. Gerade mal eine Woche war es gutgegangen und sie hatte schon Hoffnung geschöpft, dass er sich Tobias zuliebe zusammenriss; jetzt sah es nach dem Streit wieder nach düsteren Zeiten aus.

Da er ihr nicht mal den winzigsten Anhaltspunkt für sein Verhalten gegeben hatte, grübelte sie folglich viel zu oft über seine wechselhafte Laune nach. Mal so, mal so, das war ja inzwischen nicht mehr auszuhalten. –*Schlimmer als ein Weib*, dachte sie, als sie Tobias zum Auto scheuchte, um mit ihm zu Alexandra zu fahren.

Sie wollten den verregneten Nachmittag nutzen, um mit den Kindern in Eschingen ins Kino zu gehen, auch wenn Nathalie eine halbe Stunde später eher mürrisch hinterhertrottete und sich darüber mokierte, dass sie viel zu alt wäre, um den Kinofilm *Die Schlümpfe* anzusehen. Als Alexandra darauf hinwies, dass sie sich ja mit ihrem Freund hätte treffen können, verstummte Nathalie fast gänzlich und saß nun schmollend neben Pia.

In dem Kino roch es muffig und die Lautsprecher, in denen leise Musik lief, knisterten. Das Kino war noch in demselben Zustand wie damals, als Pia zum ersten Mal hier gewesen war und sie hätte jede Wette abgeschlossen, dass auch der Vorhang, der gerade stockend aufgezogen wurde, nie getauscht worden war. Jedes Kind saß da, mit einer Tüte Popcorn auf dem Schoß. Tobias und Daniel unterhielten sich leise und stopften sich zwischendurch den Mund voll, während Nathalie stur auf die Tüte in ihrem Schoß starrte.

»Schlechte Laune?«, fragte Pia leise. »Du warst schon gestern beim Shooting so schweigsam.«

»Mich kotzt alles an.« Nathalie sprach leise und warf einen Blick zu ihrer Schwester, als wollte sie sichergehen, dass Alexandra sie nicht gehört hatte.

»Kann ich irgendwas für dich tun?«

»Mir kann keiner helfen!« Nathalie starrte weiterhin stur

nach unten. »Manchmal denke ich, es wäre besser gewesen, ich wäre auch bei dem Unfall gestorben.«

»Nathalie!« Pia sah sie entsetzt an. »So etwas darfst du nicht mal denken. Du lebst, bist gesund ...«

»Ich kann nicht mal mehr die Schrift da vorn erkennen! Was ist das für ein Leben.« Nathalie stieß die Worte so unvermittelt aus, dass Pia nach Luft schnappte.

»Hast du das Lexi schon gesagt?«

»Nein.« Nathalie sah Pia wütend an und Pia schluckte, als sie Nathalies Blick begegnete, wohl wissend, dass eines dieser wunderschönen dunkelbraunen Augen ins Leere starrte.

»Und ich bringe dich eigenhändig um, wenn du einen Ton zu ihr sagst«, schnaubte Nathalie.

»Nathalie!«

»Das – ist – nicht – dein – Problem. Verstanden? Ich rede selbst mit ihr – irgendwann.«

Pia nickte, sie hatte wahrlich andere Probleme. Trotzdem würde sie dieses Versprechen nicht lange halten können und genau das sagte sie ihr auch: »Ich gebe dir eine Woche, Nathalie. Eine Woche, dann spreche ich mit Lexi. Du weißt, sie tut alles für dich und wir sind auch immer für dich da. Probleme sind dazu da, dass man sie gemeinsam löst und nicht vor ihnen davonrennt! Es gibt immer eine Lösung!«

Pia drückte Nathalies Hand. Noch ahnte sie nicht, dass sie eine Woche später an diese Worte denken sollte.

Noch schlimmer konnte es nicht kommen!

Diesen heutigen Tag sollte man komplett abhaken, dachte Pia, als sie am darauffolgenden Samstagabend viel später als geplant, zu Hause ankam.

Alles war heute schiefgelaufen. An ihrer Lieblingskamera war eine Nase für den Bajonettanschluss des Objektivs abgebrochen. Dann hatte das Wetter Kapriolen geschlagen, obwohl Sonne angekündigt gewesen war. Und zu guter Letzt war auch noch ihr Auto eingeparkt gewesen und sie hatte eine Stunde lang den Hochzeitsgast gesucht, dem das Auto gehörte.

Was ihr jetzt noch zu ihrem Glück fehlen würde, war eine Diskussion mit Alexander, warum es so spät geworden war. Leise schlich sie ins Haus, in der Hoffnung, dass ihr noch ein paar Minuten zum Durchatmen gegönnt waren.

Noch während sie ihre Jacke auf einen Bügel hängte, hörte sie gedämpftes Gelächter. Sie blieb stehen und lauschte. Dabei überlegte sie, wann Alexander das letzte Mal so fröhlich in ihrer Gegenwart gelacht hatte. Schon lange nicht mehr, aber wenigstens hatte er seinen Spaß mit Tobias und saß hier nicht aus Pflichtbewusstsein mit miesepetrigem Gesicht herum. Und Gott sei Dank hielt sich auch Tobias' Sehnsucht nach den Eltern in Grenzen. Er war erstaunlich pflegeleicht und half mit, wo immer er konnte. Am liebsten saß er abends nach dem Schichtwechsel, wie Pia es heimlich nannte, mit ihr am MacBook, sah ihr neugierig zu, wie sie die Fotos bearbeitete, retuschierte oder vervielfältigte, und half ihr, diese auszudrucken.

Wieder drang das laute Lachen der beiden zu ihr und Pia biss die Zähne zusammen. Es klang fröhlich wie früher, als sie so vieles zu zweit oder zu dritt mit Tobias unternommen hatten. Alexander und sie hatten den gleichen Sport betrieben und keiner, der es nicht wusste, wäre jemals auf den Gedanken gekommen, dass sie keine leiblichen Geschwister waren. Sie hatten kaum Geheimnisse voreinander gehabt – als Jugendliche waren sie die besten Freunde geworden.

Er hatte ihr von seiner ersten Liebe erzählt und auch sie hatte ihm einst während einer lausig kalten Zeltübernachtung im heimischen Garten von ihrem ersten Kuss berichtet.

Heute wusste sie rein gar nichts mehr von ihm. Wusste nicht, ob er momentan eine Freundin hatte. Wie es ihm bei der Vorbereitung auf dieses schwierige Wirtschaftsprüfer-Examen ging, und konnte sich vor allem keinen Reim auf sein Verhalten machen. Und sie verlor mehr und mehr die Hoffnung, dass es irgendwann wieder besser werden würde, denn schließlich waren sie eine Familie, und sie konnten sich nicht ewig aus dem Weg gehen oder gar anfeinden.

Wieder drang fröhliches Gelächter aus dem Hobbyraum zu ihr.

Nachdem sie sich einen Schubs gegeben hatte, ging sie die Treppen hinunter und entdeckte die beiden, wie sie sich am Tischkicker verbissen eine heiße Schlacht lieferten.

»Hallo«, murmelte sie, als der Lärmpegel etwas abnahm.

»Hey, Pia.« Tobias hob kurz den Kopf und bedachte sie mit einem Lächeln, das ansteckend war, ihr aber sofort verging, als sie bemerkte, dass Alexander außer einem Stirnrunzeln so gut wie keine Reaktion auf ihre Anwesenheit zeigte.

Abhaken!, trichterte sie sich ein.

»Pia, guck mal. Ich führe mit vier Toren.« Tobias war völlig verschwitzt, seine Haare fielen ihm strähnig ins Gesicht und er hatte hochrote Wangen und vor Freude glänzende Augen. Sie schenkte Tobias ein fast schon dankbares Lächeln, weil wenigstens er mit ihr redete. »Ist ja toll. Habt ihr schon was gegessen?«

»Nein, aber wir haben mächtig Hunger.«

»Wie war das Shooting?«, erkundigte sich Alexander aus heiterem Himmel und blickte nun endlich auf.

»Gut. Es ging aber leider viel länger als ich dachte. Wir mussten warten, bis sich der Sturm gelegt hatte. Ich hoffe, das ist jetzt nicht so dramatisch.«

»Kein Problem«, war die knappe Antwort, bevor er sie langsam von oben bis unten musterte, dabei die Augenbrauen nach oben zog und schließlich den Blick wieder senkte.

War er jetzt sauer? Sie zuckte hilflos mit den Schultern. »Ich koche dann. Kommt ihr in einer halben Stunde hoch?«

»Machen wir.« Tobias drehte wie verrückt an einer Spielstange. »Kannst du Spaghetti machen? Bitte, Pia.«

»Ich denke, das lässt sich einrichten.« Pia ergriff die Flucht.

Wenigstens die Kocherei verlangte wenig Abwechslung. Tobias aß alles, sofern es als Beilage Nudeln gab. Während sie wartete, bis das Wasser kochte, überlegte sie verunsichert hin und her und ärgerte sich. Sie hätte Alexander fragen sollen, ob er heute vielleicht ausnahmsweise mitessen wollte. Jetzt das Ganze nachholen, war mehr als peinlich. *Was nun?*

Die Ansage von letzter Woche war noch deutlich in ihr Gedächtnis gemeißelt. *Wir machen jetzt nicht auf Familie! Okay, eigentlich war das ja unmissverständlich.*

Bevor sie sich also eine weitere Abfuhr holen würde, deckte sie den Tisch für zwei Personen und fuhr mit dem Kochen fort.

»Ich komme!« Lautes Getrappel war zu hören, dann stürmte Tobias herein und schwang sich auch schon auf seinen Stuhl. Sie grinste und füllte seinen Teller mit Spaghetti.

»Pia, möchtest du auch ein Bier?«

Ohne Vorwarnung war Alexander in das Esszimmer getreten und stand nun hinter ihr. Ihr Kopf fuhr herum und sie konnte in Bruchteilen von Sekunden beobachten, wie seine Miene augenblicklich starr und abweisend wurde, als er mit einem Blick die Situation erfasste.

Mist! Pia versuchte, zu retten, was zu retten war. »Ich hole schnell noch einen Teller und ...«

»Lass es!« Alexander knallte die Bierflasche vor Pia auf den Tisch. »Guten Appetit wünsche ich!« Damit stürmte er zur Tür hinaus.

Pia stöhnte auf und schloss die Augen. *Verdammt!*

»Was hat Alex denn jetzt schon wieder?« Tobias sah Alexander verblüfft hinterher.

»Fang schon mal an, ich klär das kurz.« Sie rannte Alexander hinterher, doch sie schaffte es erst, ihn an seinem Auto einzuholen. »Alex, warte bitte! Konnte ich ahnen, dass du heute mitessen wolltest?«

»Wir hatten vereinbart, dass wir uns am Wochenende gemeinsam um Tobias kümmern.«

»Ha – dafür hast du mich letzte Woche dann aber schön versetzt.«

»Ich musste lernen.«

»Und woher soll ich das wissen – kann ich vielleicht Gedanken lesen? Du hättest ja etwas sagen können, schließlich geht das vor. Ich bin die Allerletzte, die kein Verständnis für deine Situation hat.« Pia fühlte sich im Recht, trotzdem hatte sie ein schlechtes Gewissen.

»Vergiss es einfach und lass mich ein für alle Mal in Frieden.« Wütend öffnete er die Autotür.

Pia stiegen Tränen in die Augen, sie schluckte.

»Nein!« *So konnte er sie nicht abservieren.* »Wir klären das jetzt auf der Stelle! Was ist los mit dir? Ich will endlich wissen, was dein Problem ist. Ich weiß schon gar nicht mehr, was ich tun soll! Liegt es an mir? Habe ich irgendwas Falsches gesagt oder gemacht? Bitte, lass uns das Problem lösen.«

»Nein! Jetzt lass mich in Ruhe!« Er wollte einsteigen, doch sie trat ihm in den Weg. Es tat entsetzlich weh, ihn so distanziert und feindselig zu erleben.

»Sag es mir! Warum bekämpfen wir uns nur noch? Du warst mein bester Freund, warum hat sich das geändert? Wir haben doch immer alles gemeinsam gemacht ...«

»Genau *das* ist mein Problem, Pia! Es war zu viel, deutlich zu viel. Wir sind keine Kinder mehr. Welcher normale Mann gibt sich pausenlos mit seiner Schwester ab? Ich habe ein eigenes Leben und mir reicht es, ständig deinen Begleiter zu mimen. Such dir endlich einen Freund, den du betütteln kannst. Ich habe es satt bis oben hin.«

Sie starrte ihn fassungslos an, doch er setzte noch eines drauf: »Du gehst mir einfach ... entsetzlich auf die Nerven!«

Pia hatte das Gefühl, ein Film lief vor ihren Augen ab. Wie angewurzelt stand sie da und versuchte zu verdauen, was er ihr da an den Kopf warf: *Auf die Nerven! Ich habe es satt bis oben hin!*

Mehr nahm sie nicht auf. Eisige Kälte kroch Pias Wirbelsäule hoch und endlich kam wieder Leben in sie. Sie trat bestürzt mehrere Schritte zurück und hob abwehrend beide Arme. Nur mühsam beherrscht brachte sie die nächsten Worte heraus. »Ich verstehe. Sorry, dass ich dich die ganzen Jahre mit meiner Anwesenheit belästigt habe.«

Blitzschnell wandte sie sich ab und stürzte ins Haus. Kaum, dass die Haustür geschlossen war, lehnte sie sich dagegen und gestattete sich kurz, der Verzweiflung nachzugeben. Hilflos schlug sie die Hände vors Gesicht.

»Super, Pia! Wolltest du das wirklich wissen?« Pia schluchzte leise und wischte sich über die Augen. »Wie willst du das jetzt lösen?«

»Pia?« Tobias' Ruf holte sie in die Wirklichkeit zurück. Sie riss sich zusammen und ging zu ihm ins Esszimmer, wo er inzwischen vor einem leeren Teller saß und sie fragend ansah.

»Kann ich noch was haben, wenn Alex nichts will?«

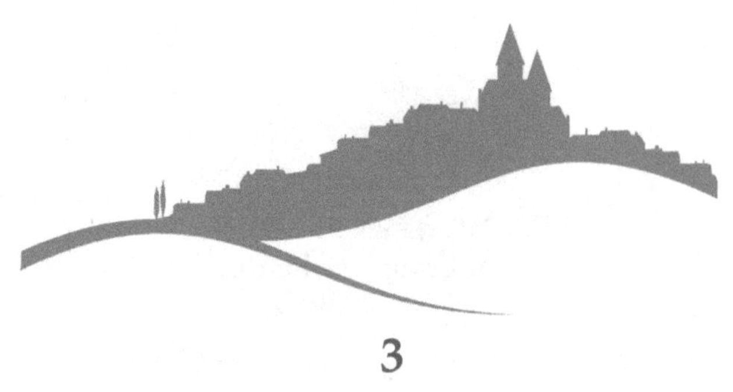

3

»Verdammt! Verdammt!« Vor der Tür legte Alexander frustriert sein Kinn aufs Autodach und starrte auf die Haustür, hinter der Pia geisterhaft schnell verschwunden war. »Verdammt! So dämlich kann man sich doch gar nicht anstellen.«

Unschlüssig überlegte er, ob er ihr folgen sollte. »Das hat doch keinen Sinn. Ich mache mich bloß wieder zum Affen«, murmelte er und stieg ins Auto, wo er weiter wütend auf sich einschimpfte.

»Ich bin ja so ein feiger Hund!« Er schlug mit beiden Handflächen aufs Lenkrad.

Genau, das war er. Nur weil er zu feige war, Pia die Wahrheit zu gestehen, verletzte er sie ganz bewusst. Seine Idee, sich gemeinsam mit ihr um Tobias zu kümmern, grenzte schon fast an Dummheit.

Pia aus dem Weg zu gehen, sie quasi zu meiden, war eine Sache. Sie aber bewusst so zu verletzen wie heute, eine ganz andere. Jetzt war er eindeutig zu weit gegangen.

»Da ist wohl eine Entschuldigung fällig, du Trottel!«

Pia erlaubte sich, erst viel später am Abend die Verzweiflung zuzulassen. Tobias war bereits im Bett und sie lag auf dem Sofa und weinte still vor sich hin.

Wie sollte das ein Jahr lang funktionieren? Alexander und sie hatten jegliche Basis für ein Miteinander verloren. Sie gingen sich ja nur noch gegenseitig an die Gurgel. Wegen jeder Kleinigkeit. Wenigstens wusste sie jetzt den Grund dafür.

Du gehst mir einfach entsetzlich auf die Nerven!

Dieser Satz flutschte seit Stunden wie ein Pingpong-Ball in ihren Gedanken hin und her, von links nach rechts ...

Dieser Satz und die entsetzliche Schlussfolgerung, dass alles, was ihr wichtig und so wertvoll gewesen war, für ihn all die Jahre nur eine Last dargestellt hatte.

Die Freundschaft mit Alexander hatte ihr alles bedeutet und sie war immer stolz darauf gewesen, dass ihr Stiefbruder und sie so harmoniert hatten. Doch sie hatte völlig übersehen, dass genau das ihm zuwider war.

Wann war diese Wende eingetreten? Gut, er war immer mal wieder eingeschnappt oder beleidigt gewesen. Sie konnten sich auch gnadenlos streiten, aber sie hatten sich anschließend immer wieder gut verstanden.

Sie holte ihr MacBook und schaltete es ein. Als sie die Bilder von Silvester vor fast zwei Jahren gefunden hatte, öffnete sie das erste Bild. Da – hier in Österreich war noch alles in Ordnung gewesen. Gleich auf dem ersten Bild stand sie neben Alexander, der ihr mit einer Bierflasche zuprostete und ihr mit der anderen Hand lachend die Mütze vom Kopf zog. Auch die anderen Bilder sprachen eindeutig die Sprache von Vertrautheit und gegenseitiger Zuneigung.

Nicht ein Bild deutete auf die Eiszeit hin, die kurz danach ein Dauerzustand werden sollte.

Auch die letzten gemeinsamen Bilder vom Skifahren zeigten nur lachende und fröhliche Gesichter. Aber genau in dieser Woche musste irgendetwas passiert sein, das bei Alexander zu dieser Abkühlung geführt hatte. Verzweifelt versuchte sie sich zu erinnern, ob sie sich zu viel mit ihm beschäftigt hatte.

Das konnte nicht sein! Sie hatte in dieser Woche ein relativ harmloses Techtelmechtel mit dem Sohn des Nachbarn angefangen, den sie beide auch schon ewig kannten. Seit über zwanzig Jahren war die Ferienwohnung in Radstadt im Besitz von Alexanders Vater. Eigentlich hatte sie sich mehr mit Karli auf den Skipisten und abends in den Kneipen herumgetrieben. Schließlich war ja auch seine damalige Freundin mit von der Partie gewesen und sie hatte nicht immer stören wollen. Und wenn sie mal zu viert unterwegs gewesen waren, war es in ihrer Erinnerung ebenfalls nur lustig und entspannt zugegangen.

Sie fand wieder ein Bild, das gleichfalls nur Spaß und Freundschaft zeigte. Alexander war mit seinen Skiern hinter sie gefahren und hatte mit ihr im Arm in kleinen Pflugbögen die steile Abfahrt bewältigt, die schließlich in einer atemberaubenden Schussfahrt und einem Knäuel aus Skiern und Stöcken geendet hatte. Jedes einzelne Bild, das sie nun ansah, erzählte von einem sehr harmonischen Skiurlaub.

Aber irgendetwas musste ihr entgangen sein.

Denn kaum waren sie zu Hause gewesen, hatte Alexander

sie gemieden und kaum noch ein Wort mit ihr gewechselt. Die Stimmung war um einhundertachtzig Grad gekippt – sie hatte nicht den geringsten Anhaltspunkt, warum?

Und wie sollten sie jemals wieder ein normales Familienleben führen, wenn Alexander sich ihr gegenüber nur noch so aggressiv aufführte? Die Spannungen der letzten Monate waren auch ihren Eltern nicht verborgen geblieben. Ihre Mutter hatte ihr noch diverse Ratschläge mit auf den Weg gegeben und sie gebeten, nicht noch mehr Ärger zu verursachen.

Frustriert schlug sie das MacBook zu und legte es weg. Irgendwann fielen ihr vor lauter Grübeln die Augen zu und erst mitten in der Nacht rappelte sie sich auf und schleppte sich ins Bett, um sich dort augenblicklich wieder das Hirn zu zermartern. Seine Abfuhr traf sie bis ins Mark und bereitete ihr, fast schon körperliche Schmerzen. Immer, wenn sie an ihn dachte, zog sich ihr Herz zusammen und sie bekam kaum Luft, was sie noch mehr verwirrte.

Als Pia am Montagmorgen das Haus verließ, verharrte sie für Sekunden entsetzt im Hauseingang. Alexander lehnte an ihrem Auto und schien auf sie zu warten. Den ganzen Sonntag hatte er sich nicht blicken lassen und jetzt das!

»Pia, es tut mir leid.«

Ohne ihn aus den Augen zu lassen, ging sie zum Auto und verzog keine Miene.

»Entsetzlich leid«, wiederholte er.

Auch jetzt blieb sie stumm. Sie ließ ihn stehen und öffnete mit zittrigen Händen die Fahrertür.

»Pia, bitte lass uns darüber reden.«

Ob er wohl wusste, dass er ihre Worte vom Samstag wiederholte? Pia gab keine Antwort, wollte einsteigen, doch er hielt die Tür fest. Sie hob den Kopf, streckte das Kinn nach vorn und entgegnete kühl und knapp: »Da gibt's nichts mehr zu reden. Du hast alles gesagt, laut und deutlich.«

»Ich war angefressen, sauer … Ich weiß, das ist kein Grund aber … Pia, ich hab mich unmöglich benommen.«

»Keine Sorge! Ich sehe zu, dass wir uns zukünftig so wenig wie möglich über den Weg laufen.« Mit diesen Worten zog sie die Autotür zu, startete den Wagen und fuhr davon. Sie wollte weg, nur weg von ihm, bevor sie ihren Schmerz und Kummer nicht mehr unter Kontrolle hatte.

»Was ist denn los mit dir?«

Die Stimme ihrer Freundin riss sie am späten Vormittag aus ihren Grübeleien. Pia hob den Kopf und versuchte ein Grinsen, als Alexandra einer Kundin die Tür aufhielt und danach zu ihr an die Kasse trat.

»Alex hat mir endlich gesagt, was sein Problem ist.«

»Und?« Alexandra hob neugierig die Augenbrauen.

»Ich geh ihm auf die Nerven!«

Alexandras Augen wurden kugelrund. »*Auf die Nerven?*«

»Sogar entsetzlich auf die Nerven! Er meint, er sei es leid, ständig meinen Begleiter zu mimen. Ich soll ihn in Zukunft in Ruhe lassen.«

Alexandra kniff irritiert die Augen zusammen. »Hat der einen Knall? Früher konnten wir nicht oft genug mit ihm und Chris...tian ... etwas unternehmen.«

Pia kniff nun ihrerseits die Augen zusammen und stellte nicht zum ersten Mal fest, dass es Alexandra immer noch schwerfiel, den Namen ihres langjährigen Freundes auszusprechen, der sie so gewaltig enttäuscht hatte.

»Mein Namensvetter scheint nicht ganz bei Trost zu sein.« Alexandra schüttelte entrüstet ihre rote Mähne.

Pia nickte. Schon immer hatte die Namensgleichheit für Scherze gesorgt – Alex und Lexi, beide wurden nur selten mit ihrem kompletten Namen angesprochen.

»Er hat die Vollklatsche, würde Tobias sagen.«

»Und wie kam es dazu?«

»Das Abendessen am Samstag. Ich hab nicht damit gerechnet, dass er auf einmal zum Essen bleiben will. Er ist stocksauer davongerauscht, ich bin ihm hinterher, ein Wort gab das andere ...« Pia rieb sich die Augen. »Lexi, ich bin fix und alle. Ich weiß überhaupt nicht, warum? Seit wann hat er das Gefühl, ich enge ihn ein? Und warum konnte er nicht mit mir reden?«

»Ich wusste es! So dämlich kann man sich nur anstellen, wenn ...« Alexandra verschluckte den restlichen Satz und nahm ein Fotobuch hoch, das auf Pias Verkaufstresen lag. »Ist mein Fotobuch schon fertig?«

»Nein, sorry. Ich komme nicht dazu, ständig muss ich eilige Aufträge dazwischenschieben. Aber ich mache es ganz bestimmt als Nächstes. Lenk nicht ab! Wer stellt sich dämlich an?« Pia stützte beide Arme auf und ließ ihre Freundin nicht aus den Augen.

»Vergiss es.« Alexandra schüttelte den Kopf.

»Lexi!«

»Nathalie sieht auf dem linken Auge jetzt auch fast nichts mehr. Wir waren eben beim Augenarzt. Sie haben keinen Schimmer warum? Es ist zum Kotzen!«

Kaum hatte Alexandra den Satz ausgesprochen, dachte Pia nicht mehr an ihre eigenen Probleme. Also hatte Nathalie mit Alexandra geredet. Endlich! Die Furcht, vollständig zu erblinden, musste einem Teenager schließlich eine Heidenangst einjagen! Es war gut, dass sie sich überwunden hatte und sich erst ihr und dann Alexandra anvertraut hatte.

»Oh, Lexi!« Mitfühlend strich Pia über Alexandras Arm. »Es muss doch irgendeinen Arzt geben, der ihr helfen kann. Das gibt es doch nicht, dass man da gar nichts machen kann.«

»Sie resigniert jetzt total, igelt sich mehr und mehr ein und will nichts von einer weiteren Untersuchung hören. Auf der Fahrt in die Schule hat sie kein Sterbenswörtchen mehr mit mir geredet.«

»Ich kann es ihr nicht verdenken. Immer wieder diese Enttäuschungen, dass ihr keiner helfen kann.« Pia bekam Gänsehaut bei dem Gedanken, was Nathalie alles ertragen musste. »Wir sollten uns wirklich noch einmal hinsetzen und im Internet recherchieren, ob es nicht doch noch irgendwo einen Arzt gibt, der eine Lösung weiß.« Schon oft hatten die Freundinnen das Wochenende damit verbracht, nach Hilfe für Nathalie zu suchen – bisher vergeblich.

»Wenn ich sie nach der Hiobsbotschaft von heute überhaupt noch zu einem Arztbesuch überreden kann.«

»Wir müssen jede Chance nutzen, Lexi. Da war doch dieser Artikel, dass es in Amerika irgendwelche neuen Geräte gibt? Weißt du noch?«

Alexandra seufzte niedergeschlagen auf. »Wir können es gern versuchen, aber ich mache mir wenig Hoffnungen. Nächstes Wochenende?«

»Passt. Musst du nicht rüber?« Pia nickte in Richtung von Alexandras Buchladen auf der anderen Straßenseite. Diesen Buchladen hatte Alexandra mit dem Erbe ihrer Eltern in einer Art Verzweiflungshandlung gekauft, doch heute florierte der kleine Laden durchaus.

»Kommt eh keiner.« Alexandra klang alles andere als euphorisch. »Kann sich Daniel heute Mittag mit Tobias treffen? Der macht mich wahnsinnig, weil sie sich momentan so selten sehen. Tobias kann gern zu uns kommen. Nathalie ist ja zu Hause.«

»Mist. Dann muss ich Alex anrufen.« Pia knirschte mit den Zähnen. Damit waren nun wieder ihre eigenen Probleme in den Vordergrund gerückt.

Schon seit einer guten halben Stunde lief Pia im Fotostudio unruhig hin und her. Sie stapelte ihre Flyer auf der geschwungenen Theke neu, hinter der sich ihre Kasse befand. Als alles akkurat angeordnet war, sah sie sich in ihrem Reich um. Überall hingen gerahmte Landschaftsaufnahmen oder Portraits, die von ihr stammten. In ihrem Rücken hing ein Flat-Screen-Bildschirm an der Wand. Alles wirkte gemütlich und, trotz des dominierenden Weiß der Wände, auch sehr farbenfroh. Auch im Ladenbereich, der von der beleuchteten Glastheke mit dem schwarzen Schriftzug *Röcker Fotografie* und der bequemen anthrazitfarbenen Sitzecke beherrscht wurde, die sie gleichzeitig als Besprechungs- und Wartemöglichkeit nutzte, war schließlich alles ordentlich aufgeräumt. Selbst die Zeitungen lagen sauber angeordnet auf dem kleinen Tischchen.

Sie ging durch den hohen Durchgang in den hinteren Bereich, in dem sich auf der rechten Seite ihr kleines Büro und auf der linken die Umkleide und ihr Studio mit all ihren Utensilien befand. Hier war alles dunkel gestrichen und ihr Blick fiel auf die Aufhängung an der Decke, mit der sie die Hintergründe für ihre Aufnahmen variieren konnte. Es standen außerdem verschiedene Lichtformer und ein Studioblitz bereit, zwei Stative waren mitten im Raum platziert. An der Wand war eine massive Schreibtischplatte befestigt, auf der ihr Mac und daneben ein großer Plotter standen.

Auch hier räumte sie auf und versuchte, Zeit zu schinden. Sie schob das Telefongespräch mit Alexander so lange raus, bis es nicht mehr ging. Schon während sie die Nummer wählte, schlug ihr das Herz bis zum Hals und sie hoffte, dass sie wenigstens einen vernünftigen Satz zustande bringen würde.

»Pröhl.« Alexander meldete sich am anderen Ende äußerst förmlich, obwohl, wie Pia wusste, das Telefon ihre Nummer mit dem Namen ihres Fotostudios anzeigte.

»Alex, hier ist Pia. Äh ... Lexi fragt, ob Tobias heute Mittag zu Daniel kommen kann.«

»Ich fahre ihn rüber. Sonst noch was?«

»Du kannst dann ruhig heimgehen. Ich hole ihn nach Feierabend dort ab.« Alexandra lebte mit ihren Geschwistern am anderen Ende von Mittsingen. Auch wenn die Strohgäugemeinde nicht sehr groß war, sollte Tobias den Weg abends in der Dunkelheit nicht alleine gehen.

»Das darf ich aber schon noch selbst entscheiden, wo ich mich aufhalte, oder?«

Pia biss die Zähne zusammen. *So ein dämlicher Hammel!* Sie hatte ja eigentlich nur freundlich sein wollen und schon kam er ihr wieder mit so einem Konter.

»Mach doch, was du willst!«, schnappte sie laut und knallte ohne eine Verabschiedung den Hörer auf die Gabel.

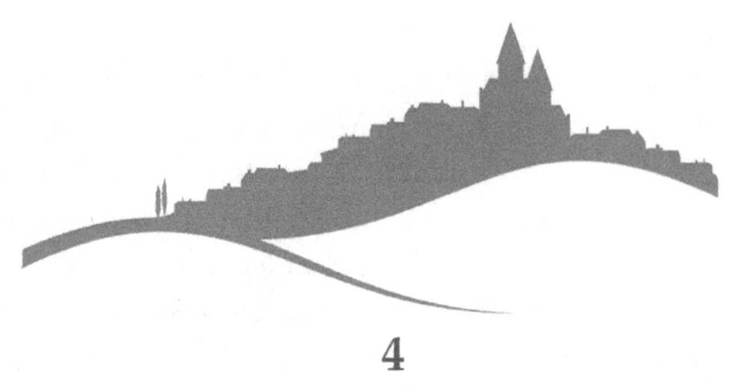

4

Jetzt war endgültig Eiszeit angebrochen. Woche für Woche zog vorüber, schon war der November gekommen, das Wetter verschlechterte sich zusehends und Außenaufnahmen waren fast gar nicht mehr möglich. Pia wuchs die Arbeit beinahe über den Kopf. Oft wünschte sie sich, sie hätte Freds Angebot, eine Aushilfe einzustellen, nicht so lässig abgelehnt. Doch so kurz vor dem Weihnachtsgeschäft jemanden zu finden, grenzte an einen Lottogewinn. Wenigstens hatte die viele Arbeit den Vorteil, dass sie nicht ständig über die Zustände zu Hause nachgrübelte.

Obwohl – von Zuständen konnte man nicht reden, es handelte sich eher um Missstände, die sich auch immer weniger bei den seltenen Skype-Kontakten mit den Eltern verbergen ließen. Alexander und sie wechselten inzwischen kein Wort mehr, sofern es nicht unbedingt nötig war. Kam sie abends nach Hause, verabschiedete er sich augenblicklich von Tobias. Sie nannte es schon einen Glückstreffer, wenn er ihr gnädigerweise zum Abschied einen schönen Abend wünschte. Meist ging er schweigend, nur mit einem kurzen, knappen Nicken.

Manchmal konnte Pia kaum glauben, dass erst fünf Wochen

vergangen waren, seit sie die Eltern zum Flughafen gebracht hatten, und somit noch elf lange Monate vor ihr lagen.

Wie sehr wünschte sie sich, abends nach Ladenschluss zu ihrer kleinen Wohnung zu fahren, die Tür hinter sich schließen zu können und nicht ständig auf der Hut sein zu müssen, nur ja kein falsches Wort zu Alexander zu sagen. Sobald sie in die Straße abbog, in der ihre Eltern wohnten, begann ihr Magen nervös zu rumoren. So auch heute. Pia parkte das Auto wie immer vor der Garage und stieg ohne Eile aus.

»Pia, warte mal.« Ein Auto hielt quietschend vor der Einfahrt und ein Wirbelwind, umhüllt von orange-gelben Farben und glitzernden Reflexionsstreifen, die vom Licht der Straßenlaterne noch zusätzlich angestrahlt wurden, bewegte sich eilig auf Pia zu. Pia grinste, als sie die Freundin ihrer Mutter erkannte, die im Nachbarhaus wohnte und die es heute offensichtlich mal wieder nicht für notwendig erachtet hatte, ihre Uniform auszuziehen, wenn sie vom Dienst als Notärztin im nahegelegenen Kreiskrankenhaus nach Hause fuhr.

»Hallo, Heidi. Lange nicht gesehen.«

»Genau! Deswegen nutze ich jetzt die Gelegenheit, euch einzuladen. Ich möchte am Wochenende gern meinen Geburtstag feiern, ganz zwanglos. Lexi kommt auch mit Nathalie und Daniel.« Heidi sprach lächelnd mit der Geschwindigkeit eines Maschinengewehrs, doch Pia ließ sich von der Fröhlichkeit nicht täuschen. Sie kam nicht umhin, den müden und verhärmten Gesichtsausdruck zu bemerken, der sich um Heidis Augen eingegraben hatte, seit sie und ihr Mann sich vor ein paar Jahren getrennt hatten.

»Gern. Tobias und ich kommen ganz bestimmt. Bei

Alex bin … ich mir allerdings nicht so sicher.« Pia zögerte nur ganz kurz.

»Läuft es nicht so gut mit euch beiden? Marie hat vor ihrer Abreise schon angedeutet, dass sie Bedenken hätte.«

»Er tickt nicht mehr ganz richtig.« Die Worte purzelten einfach aus Pias Mund, ohne, dass sie sie stoppen konnte.

»Willst du darüber reden?« Heidi strich ihr über die Schulter und Pia war kurz davor, sich in ihre Arme zu stürzen und sich mal richtig auszuheulen.

»Ein anderes Mal. Du siehst müde aus.« Pia legte den Kopf schräg und musterte die Frau, die für sie wie eine zweite Mutter war. »Heidi, du solltest irgendwann mal einen Gang zurückschalten.«

»Dann grüble ich doch nur.«

Wem sagst du das, dachte Pia, sprach die Worte aber wohlweislich nicht aus. »Trotzdem hilft es niemandem, wenn du zusammenklappst.«

»Du redest schon wie deine Mutter.« Heidi schüttelte den Kopf. »Wann hast du das letzte Mal von ihnen gehört?«

»Gestern. Der erste Sturm ist im Anflug. Mama ist ganz aufgeregt, die Messinstrumente sind alle bereit – ich verstehe ja nur Bahnhof, wenn sie was von Hygrometer oder Anemometer redet. Aber es geht ihnen gut.«

»Für deine Mutter ist ein Traum in Erfüllung gegangen«, meinte Heidi leise.

»Ich weiß … aber … Wie geht es eigentlich Christian?« Pia konnte sich diese Frage, die ihr schon lange unter den Nägeln brannte, nicht verkneifen.

»Gut. Er hat jetzt einen Oberarztposten in Boston – ha,

das reimt sich ja«, Heidi nickte und zuckte mit den Schultern. »Bin gespannt, ob der jemals wieder heimkommt.«

»Nun ja, Reisende sollte man nicht aufhalten.« Pia merkte sofort, dass dieser Satz ziemlich unpassend gewesen war, und versuchte, noch zu retten, was zu retten war. »Sorry, Heidi, so hatte ich ...«

»Ich weiß genau, wie du das gemeint hast. Wie der Vater, so der Sohn! Aber schließlich stimmt es ja.« Heidi straffte sich und zog den Reißverschluss ihrer Jacke höher. »Also ... ich würde mich freuen, wenn ihr kommt und bringt bitte bloß nichts mit.«

»Kann ich wenigstens einen Salat machen?« Pia rief es Heidi hinterher, die schon zu ihrem Auto lief, doch die drehte sich nicht mehr um, sondern schüttelte nur vehement den Kopf.

Als Pia die letzten Meter zum Haus ging, sah sie, dass Alexander schon in der Tür stand und wartete. »Heidi hat uns auf Samstag eingeladen«, erklärte sie anstatt einer Begrüßung.

»Dann sollten wir da vermutlich auch hin«, meinte Alexander. »Soll ich einen Blumenstrauß und eine Flasche Wein besorgen?«, fragte er dann noch zu Pias Verblüffung.

»Gern«, erwiderte sie schnell.

»Gut, dann mache ich das. Schönen Abend noch. Tobias schreibt morgen eine Mathearbeit, aber wir haben schon alles geübt. Wir sehen uns.«

»Tschau.« Pia sah ihm verblüfft hinterher, das waren mit Abstand die meisten Worte gewesen, die sie in letzter Zeit mit Alexander gewechselt hatte. Vielleicht gab es ja doch noch Hoffnung auf ein friedliches Miteinander.

Alexandra hatte sich in Heidis Küche verzogen, um kurz durchzuatmen. Hier ging es zu wie im Taubenschlag, sodass es ihr fast zu viel wurde. Ungezwungene, kleine Party – nichts Aufwendiges, hatte Heidi verkündet, aber dann waren hier nun doch fast dreißig Menschen versammelt. Doch Heidi schien es gutzutun. Strahlend war sie von Svea, ihrer jüngsten Tochter, aus der Küche verbannt worden, wo Alexandra jetzt den Nachtisch vorbereitete. Sie nahm ihre Sahne aus dem Kühlschrank und sah sich dabei ehrfürchtig um.

In dieser riesengroßen Küche von Heidi war sie sich schon immer sehr klein vorgekommen. Durch eine große Glasfront mit den großflächigen Sprossenfenstern konnte man in den Garten blicken. Das Highlight war aber eindeutig die dunkle Kochinsel, die samt Spüle in der Mitte thronte. Dahinter befand sich eine helle Schrankwand mit hohen Oberschränken, an der eine Schiebeleiter befestigt war. Die dunkle Arbeitsplatte war blank poliert und um den großen Esstisch vor dem Fenster standen ordentlich die Stühle angeordnet.

Schon lange war dieses Familienzimmer, wie es Heidi früher genannt hatte, nicht mehr genutzt worden. Seit ihr Mann sie verlassen hatte, hielt sich Heidi mehr im Krankenhaus als zu Hause auf. Svea war schon lange ausgezogen und Christian war ...

Alexandra beschloss, schnell an etwas anderes zu denken und war dankbar für die Ablenkung, die in Gestalt von Alexander nun in die Küche kam.

Auch der schien die Flucht ergriffen zu haben, denn momentan holte er mit einer Leidensmiene im Gesicht ein Bier aus dem Kühlschrank und seufzte leise auf.

»Jetzt sag es ihr doch endlich.« Alexandra starrte auf seinen breiten Rücken, auf dem sich sein Pferdeschwanz kringelte.

»Was soll ich wem sagen?« Er drehte sich erstaunt um.

»Alex, ich bin zwar selbst eher ein emotionaler Krüppel, aber das merkt ja ein Blinder mit ...«, sie brach entsetzt bei dieser unbedachten Redewendung ab und suchte nach Worten. »Das merke selbst ich, dass du Pia gnadenlos verfallen bist.«

»Pssssst! Bist du wahnsinnig! Wenn sie das hört!« Alexander lief knallrot an und öffnete seine Bierflasche, nahm einen großen Schluck und beugte sich dann über Alexandra, um aus dem Nachtisch eine Himbeere zu stibitzen, dabei streifte sein Arm unbeabsichtigt ihre Schulter.

Als Alexandra diese Berührung spürte, fragte sie sich nicht zum ersten Mal, ob sie je wieder Gefühle für irgendein männliches Wesen entwickeln würde?

Emotionaler Krüppel beschrieb nicht mal annähernd ihre Regungen, wenn ein Mann sie berührte. Es war, als hätte Christian damals alles eingepackt und mitgenommen, was sie an Gefühlen je zu empfinden vermocht hatte.

Kein anderer Mann hatte eine Saite in ihr zum Klingen bringen können, nicht einer war ihr nahegekommen, hatte ihr Herz zum Klopfen oder ihren Verstand zum Aussetzen gebracht – es war zum Verzweifeln!

Es war ja nicht so, als hätte sie in den letzten fünf Jahren kein Date gehabt oder als Nonne gelebt. Aber ihre Gefühle waren unbeteiligt geblieben, deshalb hatte sie es schließlich ganz aufgegeben, Verabredungen zu treffen. Und, wenn sie ehrlich war, fehlte es ihr auch gar nicht. Vor allem dann nicht, wenn sie live miterleben konnte, wie die Liebe zwei überaus vernünftige Menschen in solche Nachtwächter verwandeln konnte, denen die Vernunft vollständig abhandengekommen war. Kopfschüttelnd sah sie Alexander an.

»Soll sie es doch hören. Und wenn? Findest du den Affenzirkus vielleicht besser, den du seit einem Jahr hier aufführst?«

»Das verstehst du nicht.« Alexander lehnte sich an den nächsten Küchenschrank. »Sie wird sich nicht mehr einkriegen vor Lachen oder noch schlimmer: Sie wird schreiend davonlaufen.«

»Weißt du es?«

»Nein, natürlich nicht.«

»Also, dann ergreif doch wenigstens den minimalen Hoffnungsschimmer, dass du dich auch irren könntest.«

»Meinst du?« Alexander sah sie zweifelnd an.

Sie ging zu ihm und tätschelte seine Wange. »Rede mit ihr!«

»Oh, Lexi! Warum bist nicht du die Frau meines Herzens?«

»Ja – warum nicht?« Alexandra sah ihn traurig an, dann riss sie sich zusammen. »Aber wir mögen uns einfach viel zu sehr ... als Freunde!«

»Stimmt.« Alexander beugte sich nach vorn und drückte ihr einen liebevollen Kuss auf die Stirn. »Danke für deinen Rat.«

Er nahm sie in den Arm und drückte sie. »Lexi, du bist alles andere als ein emotionaler Krüppel. Irgendwann kommt der Mann, der den Schlüssel zu deinem Herzen besitzt und ehe du dich versiehst, schließt er es auf.«

Voller Wehmut hob Alexandra den Kopf und versuchte ein Lächeln. »Vielleicht ist der Schlüssel auch verloren gegangen?«

»Ist er nicht!« Alexander umrahmte ihr Gesicht mit beiden Händen, drückte ihr freundschaftlich einen Kuss auf die Wange und flüsterte ihr dabei leise ins Ohr: »Er hat ihn nur verlegt.«

Genau in diesem Moment betrat Pia die Küche und stoppte abrupt, als die das innige Bild erfasste, das sich vor ihren Augen abspielte – Alex, der Lexi liebevoll küsste.

Und – dieser Anblick störte sie gewaltig!

Unwillkürlich spannte sich ihre Kiefermuskulatur an und sie zwang sich, nicht den Rückzug anzutreten. Stattdessen lief sie an beiden vorbei, knallte etwas stärker als beabsichtigt die Teller neben der Spüle auf die Abstellplatte und murmelte, »Lasst euch bloß nicht stören.«

»Wir unterhalten uns nur«, versuchte Alexander augenblicklich eine halbherzige Erklärung. Sein rauer Tonfall veranlasste Pia, sich umzudrehen. Die beiden standen jetzt mit deutlichem Abstand nebeneinander und sahen sprichwörtlich wie die ertappten Sünder aus, was sie zu einem überlegenen Grinsen veranlasste.

»Solange ihr nicht über mich lästert, soll mir das egal sein ...« Pia schüttelte den Kopf und starrte Alexander hinterher, der mitten in ihrem Satz die Flucht ergriffen hatte. »Mann, ich kann inzwischen sagen was ich will – immer ist es falsch. Ich drehe demnächst noch durch.«

»Das kannst du aber laut sagen.« Alexandra verdrehte die

Augen, mied dabei dennoch ihren Blick, sodass Pia sie jetzt wachsam musterte. Gleichzeitig versuchte, sie zu ergründen, warum der plötzliche Gedanke, Alex könnte etwas mit Lexi anfangen, sie so nachhaltig störte.

»Ist mir vielleicht irgendwas entgangen?«, fragte sie vorsichtig, als Alexandra sehr geschäftig in ihrem Nachtisch rührte.

»Quatsch!« Alexandra sah auf. »Wir haben uns wirklich nur unterhalten. Er hat mich nur getröstet. Irgendwie werde ich immer etwas sentimental, wenn ich hier bei Heidi bin.«

»Ob er wohl jemals wieder heimkommt?« Pia wusste, dass Alexandra sofort begreifen würde, dass sie jetzt nicht von Alexander sprach – sondern von Christian. Alexandras langjähriger Freund, Heidis ältester Sohn, hatte sie vier Wochen nach dem Verkehrsunfall, bei dem ihre Eltern ums Leben gekommen waren, sitzen lassen. Es war ihm scheinbar egal gewesen, dass Alexandra ihr eigenes Astrophysik-Studium abbrechen musste und nicht, wie geplant, mit ihm in den USA weiterstudieren konnte. Er war beleidigt abgereist und, so viel Pia wusste, hatte Alexandra nie mehr etwas von ihm gehört.

»Bestimmt kommt er zurück – ich rechne sogar damit, dass es nicht mehr allzu lange dauert. Schließlich müsste er inzwischen längst den Facharzt haben.« Alexandra bückte sich nach dem Löffel, der ihr aus der Hand gerutscht war.

Aha! Pia verzog den Mund. Das Thema Christian war also keineswegs abgehakt, wie Alexandra jedem vorzugaukeln versuchte. Einerseits wehmütig, dass Lexi Christian nie vergessen hatte, andererseits komischerweise erleichtert, dass Alex bei Lexi nie eine Chance haben würde, legte sie den Arm auf die

Schulter ihrer Freundin. »Wenn er sich hier je blicken lässt, dann helfe ich dir, ihn eigenhändig zu erwürgen.«

»Danke, Pia. Aber das wäre viel zu viel Aufmerksamkeit auf so einen Idioten verschwendet.« Alexandra nahm die Schüssel auf und ging zur Küchentür. »Lass gut sein.«

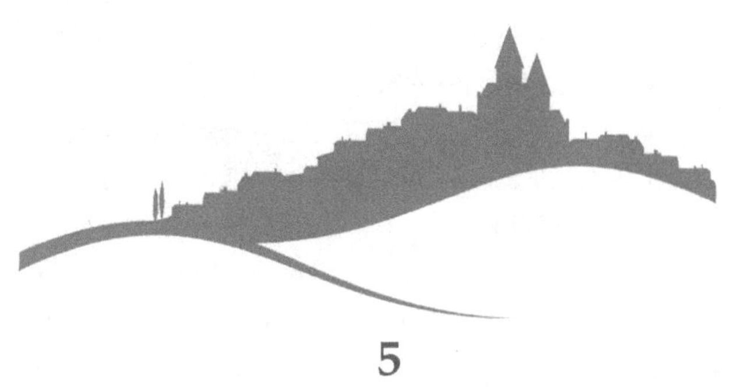

5

»Lexi, hier ist Pia. Hör mal, ich habe dir eine Mail mit einem Link geschickt. Ich habe im Internet die Adresse einer Klinik gefunden, in der die Ärzte wohl neue Untersuchungsmethoden anwenden.« Wieder war fast eine Woche vergangen. Pia spielte abwesend mit der Schnur des uralten Telefons, das im Flur ihres Elternhauses stand und als Hauptanschluss im Erdgeschoss diente. »Wenn ich alles richtig verstanden habe, haben die da etwas ganz Neues entwickelt. Allerdings ist die Klinik in den USA.«

»Super, genau da komme ich ja auch jederzeit hin. Trotzdem danke, Pia. Aber ich glaube sowieso nicht, dass Nathalie in nächster Zeit mit mir zum Arzt gehen würde, egal wo. Ich weiß mir langsam nicht mehr zu helfen. Sie trifft sich weder mit ihren Freundinnen, noch habe ich Jan in letzter Zeit mal gesehen.«

»Lass ihr Zeit. Du weißt doch, dass sie immer wieder Zeiten hat, in denen sie ihre Ruhe braucht.«

»Stimmt, aber ich mache mir entsetzliche Sorgen. Fährst du morgen mit zum Fußballturnier von den Jungs und könntest du vielleicht Daniel mitnehmen?«, fragte Alexandra.

»Ach du liebe Zeit. Das Fußballturnier habe ich völlig

vergessen, ich wollte eigentlich arbeiten, aber das kann ich verschieben. Klar nehme ich Daniel mit.« Sie redete noch eine Weile mit Alexandra und überlegte krampfhaft, wie sie alles unter einen Hut bringen sollte. Zwei Aufträge mussten über das Wochenende fertig werden und ihre Stapel für die Buchhaltung türmten sich auch von Woche zu Woche höher.

»Mist«, fluchte sie, nachdem sie das Telefonat beendet hatte, und wickelte die Telefonschnur um ihren rechten Zeigefinger, während sie den Hörer gedankenverloren an ihr Kinn lehnte.

»Ich kann die Jungs auf das Turnier fahren und bei ihnen bleiben. Du hast wohl genug im Fotostudio zu tun.«

Pia fuhr herum, als sie plötzlich Alexanders tiefe Stimme hörte, der, wie aus dem Nichts, hinter ihr aufgetaucht war. Augenblicklich fiel ihr das Atmen schwer und, als sich ihre Blicke mit denen von Alexander kreuzten, begann ihr Körper ein Eigenleben. Er summte und vibrierte gleichzeitig, dass Pia blitzschnell den Hörer energischer als notwendig auf die Gabel drückte.

»Hast du gelauscht?«, rutschte ihr heraus.

»Ja!« Alexander grinste sie zu ihrer Verwunderung an und das Summen ganz tief in ihr wurde lauter. »Ich habe Nathalies Namen gehört, da wurde ich neugierig. Daniel hat schon erzählt, dass sie immer schlechter sieht. Sorry, aber wenn die Türen sperrangelweit offen stehen, hört man halt unweigerlich alles.«

»Schon gut.« Pia war völlig irritiert von seinem freundlichen Verhalten und noch mehr von ihrer eigenen Reaktion. »Ich kenne mich nicht so genau aus, aber Alexandra sagte was von weniger als dreißig Prozent Sehvermögen auf dem Auge.«

»Der Unfall war schon schlimm genug. Dass Nathalie so etwas erleben muss, hat sie nicht verdient.« Alexander, der bisher am Türrahmen der Wohnzimmertür gelehnt hatte, kam näher. »Also, mein Angebot steht. Ich kann die Jungs morgen den ganzen Tag übernehmen.«

»Sicher?« *Was ist bloß los mit dir?*, fragte sie sich und wurde ganz kribbelig. *Nur, weil er endlich mal wieder normal mit dir redet, brauchst du doch nicht gleich durchzudrehen*, schimpfte sie und beschloss, ihre äußerst merkwürdige Reaktion zu ignorieren.

»Ganz sicher!« Alexander nickte zur Bekräftigung.

»Dann könnten wir ja alle abends ...«, sie verstummte, das *Wir* gab es schließlich nicht mehr.

»Hm? Was könnten wir?«

»Nichts, vergiss es.« Sie wollte die Flucht antreten, doch blitzschnell versperrte ihr Alexander den Weg.

»Pia, warte! Wie oft soll ich mich noch entschuldigen? Ich hab das nicht so gemeint, wie es rübergekommen ist.«

»Doch, Alex. Genau *so* hast du es gemeint!« Das wurde ja immer schlimmer, jetzt war sie kurz davor, in Tränen auszubrechen. Sie schluckte heftig, bevor sie weitersprach. »Und genau *so* hast du dich die letzten Monate verhalten.« Pia versuchte krampfhaft, die aufsteigenden Tränen zu unterdrücken.

»Verdammt, wir sind eine Familie und wir müssen noch monatelang gemeinsam für Tobias sorgen. Das, was wir hier praktizieren, bringt doch nichts. Wir können uns doch jetzt nicht bis zu unserem Lebensende ignorieren, bloß weil ich so ein Arsch war. Ich komme nicht klar mit der Situation«, gab er dann zu. »Können wir nicht alles vergessen?«

Pia sah ihn misstrauisch an.

»Bitte, Pia. Also, was wolltest du vorschlagen?«

»Wir könnten abends vielleicht mit Alexandra und den Kindern Pizzaessen gehen.« *Wie früher,* verkniff sie sich hinzuzufügen.

»Sorry, geht nicht. Abends bin ich verabredet.« Alexander zuckte zur Entschuldigung mit den Schultern.

»War ja nur ein Vorschlag«, murmelte Pia und schlüpfte jetzt unter seinem Arm hindurch, der ihr immer noch den Weg versperrte.

Die nächsten Wochen liefen erstaunlicherweise deutlich entspannter zwischen Alexander und ihr, auch wenn er nie mehr auf ihren Vorschlag, gemeinsam etwas zu unternehmen, zurückkam. Und samstagmittags verabschiedete er sich regelmäßig sehr schnell. Noch immer verbrachte sie die Wochenenden alleine mit Tobias, der schon gar nicht mehr fragte, ob sie mal gemeinsam etwas unternehmen konnten.

So verabredeten sie sich häufig mit Alexandra und ihren Geschwistern, und dennoch hatte Pia immer das Gefühl, dass irgendetwas fehlte. Glücklicherweise hatte sie wenig Zeit zu grübeln, denn gerade Anfang Dezember forderten die Weihnachtsbestellungen und die Porträt-Termine, die jeder noch schnell vereinbaren wollte, ihre ganze Kraft. Und am Wochenende fiel sie abends todmüde ins Bett und war eingeschlafen, kaum, dass sie das Licht ausgemacht hatte.

Der Alltag selbst war viel einfacher zu bewältigen, als Pia anfangs gedacht hatte. Tobias gewöhnte sich problemlos an die neue Situation, freute sich auf die wöchentlichen Skype-Termine mit seinen Eltern und auch sonst zeigte er relativ selten Anzeichen von Sehnsucht nach den Eltern. Selbst wenn, dann kuschelte er sich abends an Pia und sie sprachen über seine Gefühle und hakten die Tage im Kalender ab.

Und wenn Tobias einmal einen Nachmittag im Fotostudio verbringen musste, weil Alexander Kurse hatte oder arbeiten musste, störte er nicht. Im Gegenteil, er half ihr, wo immer er konnte. Sie fotografierte, Tobias druckte die Bilder aus und kassierte, sodass sie ihm inzwischen zu seiner Freude einen kleinen Aushilfelohn bezahlte.

Auch heute war er wieder bei ihr im Fotostudio, da Alexander wegen Problemen bei einem Jahresabschluss in die Firma beordert worden war. Als sie die Ladenglocke hörte, speicherte sie gerade im Studio die allerletzten Korrekturen an Alexandras Fotobuch ab, das endlich druckreif war.

Da war es wieder! Dieses magische Kribbeln, das seit neuestem verhalten begann und dann stärker wurde, wenn Alexander in der Nähe war. *Alexander hier? Das konnte nicht sein!*

Schnell schloss sie die Datei, doch da hörte sie schon das Jubeln von Tobias.

»Pia, komm mal. Alex ist da!«

Was wollte der jetzt hier? Das war das erste Mal, dass er ihr Fotostudio überhaupt betrat. Nervös wischte sie sich ihre schweißnassen Hände an ihrer Jeans ab und ging langsam nach vorn in ihren Verkaufsraum.

»Hey! Ich hatte heute Mittag urplötzlich eine Idee. Was haltet ihr davon, wenn Pia von uns Aufnahmen macht und wir Marie und Paps mit einer Fotoshow überraschen?«

Nicht nur die Idee, auch die Tatsache, dass Alexander hier in ihrem Fotostudio vor ihr stand, brachte Pia völlig aus der Fassung.

»Äh – ja. Hört sich gut an. Wann denn?«

»Geht's jetzt?«, fragte Alexander und Pia beobachtete, wie er sich verstohlen umsah.

»Von mir aus.« Pia schaute nervös auf die Uhr, noch fünf Minuten bis Ladenschluss. Genauso gut konnte sie jetzt schon zuschließen. »Tobi, zeig Alex doch bitte mal, wo das Studio ist.«

Fünf Minuten später räumte sie die Kinderspielsachen weg, die von den letzten Porträtaufnahmen am Nachmittag noch auf dem Boden lagen. Dann wechselte sie routiniert den Hintergrund, verstellte die Lichtformer und stellte die Kamera auf die andere Seite. Tobias und Alexander unterhielten sich derweil und warteten geduldig, bis sie fertig war.

»So, jetzt könnten wir.« Pia musterte Alexander. »Du willst aber nicht in Jackett und Krawatte drauf, oder?«

»Nö, warte kurz.« Alexander sah sich um, zog sein Jackett aus und hängte es an den Kleiderständer, dann zog er sich die blaue Krawatte vom Hals und krempelte die Ärmel seines blau-weiß-karierten Hemdes hoch.

Dabei wehte der vertraute Geruch seines Aftershaves zu ihr. Pia schnupperte unmerklich und musterte ihn dabei verstohlen, während sie die Kameraeinstellung überprüfte. Die schwarze Jeans umspannte seine kräftigen Oberschenkel und die Hüften, das enganliegende Hemd betonte deutlich seinen durchtrainierten Oberkörper. Er sah zum Anbeißen aus. Am liebsten würde sie jetzt den Arm ausstrecken und über die hellen Haare an seinem Arm streichen, seine Wärme fühlen, sich an ihn ...

Oh!

Als ihr bewusst wurde, was sie da eigentlich gerade dachte, begann ihr Herz einen wilden Rhythmus zu trommeln.

»So, von mir aus können wir!« Alexanders dunkle Stimme hallte durchs Studio. »Ich hätte aber gedacht, dass wir alle drei auf den Bildern drauf sind. Kannst du mit Selbst...« Er schüttelte verlegen den Kopf. »Blöde Frage, du bist ja Profi. Natürlich kannst du mit Selbstauslöser fotografieren.«

Gott, sah der süß aus, wenn er so verlegen war. Seine lockigen Haare hatte er zum üblichen Pferdeschwanz gebändigt und seine Gesichtsfarbe wirkte immer noch leicht gebräunt. So hatte er ihr schon immer am besten gefallen, wenn seine blonden Haare durch die Bräune und die Sonne noch viel heller aussahen. Wenn dann noch diese weiße Narbe am Auge zum Vorschein kam, die wie eine Mondsichel schimmerte, schmolz sie komplett dahin.

Oh-Oh!

»Ist irgendwas nicht in Ordnung?« Er sah an sich hinab, dann prüfend zu Tobias.

Pia hatte ganz automatisch die Narbe herangezoomt und starrte auf den kleinen Bildschirm an ihrer Kamera. Am liebsten hätte sie jetzt mit dem Zeigefinger darüber gestrichen und auf das strahlende Lächeln gehofft, das ihn so attraktiv machte. Plötzlich – bekam nichts mehr mit.

Oh-Oh-Oh!

»Also, ich finde, wir sehen echt gut aus.« Alexander drehte sich um und hielt mitten im Satz inne. »Hörst du mir überhaupt zu?«

»*Was?*« Pia erschrak und riss die Augen auf. Das konnte doch nicht wahr sein, was ihr da eben klar geworden war.

»Du siehst mich an, als würdest du ein Gespenst sehen.« Alexander klang auf einmal sehr besorgt.

Ein Gespenst! Ha, aber irgendwie stimmte das ja auch!

»Nein!« Sie schüttelte heftig den Kopf. Das konnte doch nur ein Traum sein, beschloss sie und zwickte sich unauffällig in ihren Unterarm. Es tat höllisch weh. Sie stöhnte entsetzt auf. Es war kein Traum, damit war es auch kein Hirngespinst.

Sie war in Alex verliebt! In ihren Bruder!

Okay, Stiefbruder – trotz allem unerreichbar!

»Erde an Pia!« Alexander kam näher und rüttelte vorsichtig an ihrem Arm. »Also, was jetzt? Können wir loslegen?«

Abwehrend hob sie den Arm. »Sekunde. Bin sofort startklar. Ich muss nur noch kurz wohin.« Tapfer nickte sie, sah ihn an und schluckte, als seine blauen Augen sie so unverwandt musterten. Dann floh sie auf die Toilette, wo sie sich erst einmal völlig kraftlos auf den Sitz sinken ließ.

Wie lange war sie wohl schon in ihn verliebt und hatte es nicht bemerkt? Deshalb schmerzten seine ständigen Zurückweisungen so sehr. Und deshalb vermisste sie ihn so sehr.

»Großer Gott.« Pia ging ans Waschbecken und öffnete den Kaltwasserhahn. Erst als das Wasser eiskalt herauslief, schaufelte sie sich eine Ladung ins Gesicht, in der Hoffnung, endlich aus einem Alptraum zu erwachen.

Es fiel ihr alles andere als leicht, anschließend so zu tun, als sei nichts passiert. Immer wieder ertappte sie sich dabei, wie sie Alexander völlig verblüfft musterte und es gelang ihr nur mühsam, sich zu konzentrieren. Erstaunlicherweise verliefen die Aufnahmen in völlig entspannter Atmosphäre. Fast freundschaftlich kabbelte sich Alexander sogar mit ihr über die Positionen und war erst zufrieden, als Pia ihm drei Bilder präsentieren konnte, auf denen sie allesamt Arm in Arm in die Kamera grinsten.

»Komm, du Zwerg. Ich lade dich zum Burger-Essen ein. Wollen wir noch nach Eschingen zu McDonalds fahren?«, fragte Alexander, nachdem er sich sein Jackett wieder angezogen hatte, und legte Tobias den Arm um die Schultern.

Pia zuckte unmerklich zusammen. Auf die Idee, sie zum Mitkommen zu bewegen, kam Alexander augenscheinlich gar nicht. *War ja eigentlich auch besser so!*

»Au ja. Kann Pia mit?«, fragte Tobias völlig unschuldig.

»Äh ...« Alexanders Gesichtsausdruck wurde unsicher. »Von mir aus ...«, erwiderte er zögerlich.

»Das geht nicht.« Pias Gedanken rasten. Erstens wollte er sie gar nicht dabei haben und außerdem konnte sie in dieser Verfassung unmöglich noch länger in Alexanders Gesellschaft verweilen. Daher versuchte sie es mit der erstbesten Ausrede, die ihr einfiel. »Wenn es dir nichts ausmacht, dann fahr allein mit Tobi hin. Ich wollte dich sowieso fragen, ob du heute Abend auf ihn aufpassen kannst. Ich bin verabredet.«

»Mit wem?« Tobias starrte sie neugierig an.

»Das geht dich gar nichts an«, servierte ihn Pia ab.

»Wahrscheinlich mit dem Dödel, der dir jeden Mittag einen Kaffee vorbeibringt.« Tobias verzog das Gesicht und wandte sich zu Alexander, der Pia stirnrunzelnd musterte. »Der hat immer nasse Haare und sieht aus wie ...«

»Das ist Gel«, murmelte Pia und packte ihre Kamera in den Koffer.

»Na denn ...« Alexanders Stimme klang auf einmal belegt, er räusperte sich. Pia hob irritiert den Kopf und sah, wie er seine Hände in die Taschen steckte und mit den Schultern zuckte. Sie hätte schwören können, dass seine Augen wütend blitzten, als er sich verabschiedete. »Viel Spaß dann!«

Was war das jetzt gewesen? Pia starrte ihm hinterher. Warum war er jetzt wieder eingeschnappt? Es schien, als hätte der Frieden nur ein paar Tage gedauert. Aber darüber konnte sie sich jetzt nicht auch noch den Kopf zerbrechen.

Denn – jetzt musste sie erst mal mit der erschreckenden Erkenntnis fertig werden, dass sie sich in ihren Bruder verliebt hatte.

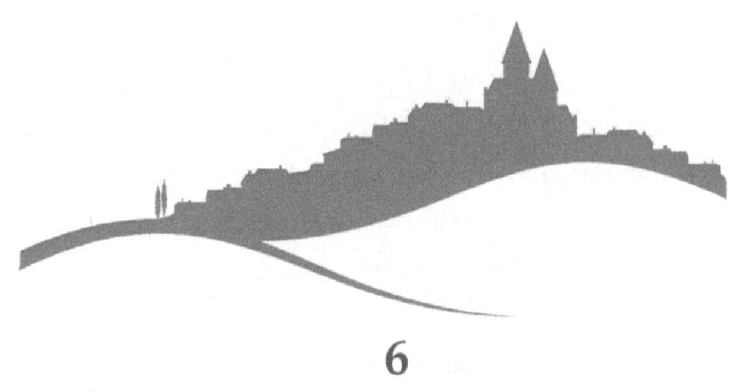

6

Doch damit nicht genug! Am nächsten Morgen erschien Tobias völlig erschlagen am Frühstückstisch und verkündete, er habe Kopf- und Halsschmerzen. Pia, die noch immer mit den Folgen einer schlaflosen Nacht kämpfte, stöhnte genervt auf.

Wenn es erst mal einen Anfang genommen hatte – kam es meist noch dicker!

»Lass mal sehen.« Sie hielt prüfend die Hand an seine Stirn. »Na, Fieber hast du keines. Aber ich geb' dir lieber eine Schmerztablette, und wenn es in der Schule gar nicht geht, dann sollen sie mich anrufen.«

»Kann ich nicht zu Hause bleiben?«

»Wir probieren es mal, okay?«

Tobias nickte, doch Pia hatte den ganzen Vormittag kein gutes Gefühl, was sich bewahrheitete, als sie am frühen Nachmittag einen Anruf von zu Hause erhielt. Misstrauisch musterte sie den Hörer und zwang sich, ihr klopfendes Herz zu beruhigen. Mit Sicherheit wollte Alexander nicht mit ihr plaudern.

»Pia, Tobias hat Fieber.« Alexander klang ziemlich angespannt, was Pia aber auf Tobias' Erkältung schob.

»Au backe.« Pia biss auf die Innenseite ihrer Wange. »Soll ich kommen und mit ihm zum Arzt gehen?«

»Das werde ich ja wohl noch allein hinbekommen.«

Pia schloss entnervt die Augen. Aha – ihr Gefühl hatte sie gestern Abend nicht getrogen. Alexander war aus irgendeinem unerfindlichen Grund schon wieder eingeschnappt.

»Ich suche seine Versichertenkarte«, dröhnte es vorwurfsvoll an ihr Ohr.

»Mist!« Pia zuckte zusammen. »Die ist noch vom Zahnarztbesuch in meiner Handtasche.«

»Klasse! In zehn Minuten sind wir da.«

Pia hörte noch, wie er nach Tobias rief und als letztes Geräusch, wie er den Hörer auf die Gabel des alten Telefons knallte. Danach erklang das langgezogene Piep, das sich heute irgendwie ziemlich genervt anhörte und somit zu Pias angeschlagener Stimmung passte.

»Du hast Glück, mein liebenswerter Bruder erscheint gleich, dann kannst du mal live erleben, was ich ständig mitmachen muss«, sagte sie zu ihrem Besucher, der soeben ihr Studio betreten hatte.

»Spannung – Soll ich ihm eines auf die Nase geben?«, Till Winter grinste sie an und Pia grinste zurück. Dankend nahm sie den Kaffee entgegen, den ihr Till wie immer pünktlich um halb drei vorbeibrachte. Sie kannte den jungen Mann, der vor einem halben Jahr in die Wohnung über ihrem Fotostudio eingezogen war, inzwischen recht gut. Er war Kameramann beim Fernsehen und nebenbei versuchte er sein Glück als freischaffender Filmemacher. Inzwischen hatte Till auch akzeptiert, dass er sich keinerlei Hoffnungen auf mehr bei ihr machen brauchte und es war eine nette und unverbindliche Freundschaft entstanden.

»Warte mal eben. Das wird Alex sein.« Als eine knappe Viertelstunde später die Ladenglocke anschlug, stellte Pia schnell den Kaffee ab. Sie schnappte die Karte, die sie schon herausgesucht hatte und eilte nach vorn.

Tobias stand mit hochroten Wangen und fiebrig glänzenden Augen erschöpft neben Alexander, der einen angesäuerten Eindruck machte. Pia ignorierte ihn und das Herzklopfen und nahm ihren kleinen Bruder in den Arm.

»Oh, Tobi. Du siehst richtig krank aus.«

»Ich fühle mich auch total beschissen«, erklärte der Kleine mit leiser Stimme.

»Er gehört ins Bett«, meinte Pia, wandte sich an Alexander und reichte ihm Tobias' Versichertenkarte. Der jedoch starrte an ihr vorbei und ignorierte ihre Hand. Sie drehte den Kopf und erkannte, dass Till ihr gefolgt war.

»Ah, Till. Darf ich dir meinen Stiefbruder vorstellen, das ist Alex. Tobias kennst du ja. Alex, das ist Till, er wohnt über mir.« Sie deutete mit dem Zeigefinger an die Decke.

»Der Dödel?«, murmelte Alex leise, aber Pia hatte es gehört und warf ihm einen empörten Blick zu. Gleichzeitig versuchte sie, die für sie nach wie vor so ungewohnten Gefühle einzudämmen.

»Tobias muss sich dringend ausruhen«, wiederholte sie, um irgendetwas zu sagen.

»Das weiß ich auch. Aber er braucht Hustensaft und vermutlich Fiebersaft. Ich weiß nicht, was Marie ihm sonst gibt.«

»Paracetamol wahrscheinlich.«

»Wahrscheinlich, aber sicher wissen wir das nicht. Deshalb gehe ich mit ihm zum Arzt.« Alexander sah inzwischen ziemlich ärgerlich aus und hörte sich auch sehr genervt an.

»Könntest du mich vielleicht anrufen, damit ich weiß, was der Arzt gesagt hat?« Pia sah Alexander bittend an. Sie merkte wohl, dass er aus irgendeinem unerfindlichen Grund wieder komplett blockierte.

»Machen wir. Komm, Kumpel.«

Pia umarmte Tobias noch einmal und sah zu, wie Alexander Tobias aus der Tür schob.

»So ein Stoffel«, erklang es wütend in ihrem Rücken. Till machte mit der Hand eine Bewegung vor seinem Gesicht, die zeigte, was er von Alexanders Auftritt hielt.

»Hab ich doch gesagt. Glaubst du mir jetzt?«

»Allerdings. Was ich dagegen nicht glauben kann, ist die Tatsache, dass der mal anders gewesen sein soll. Der hat mich ja mit seinen Blicken fast erdolcht.« Till zog die Augenbrauen nach oben.

»Pia, könnte es sein ...«, er verschluckte den restlichen Satz, da ausgerechnet in diesem Moment drei Kundinnen schwatzend das Fotostudio betraten. Stattdessen beugte er sich zu ihr, drückte ihr einen freundschaftlichen Kuss auf die Wange und murmelte, »Halt die Ohren steif. Wenn was ist, ruf mich an. Ich bin bis nächste Woche im Land, dann muss ich wieder nach Venezuela.«

Pia bedankte sich, winkte ihm zu und wandte sich an die jungen Kundinnen, die kichernd vor ihr standen.

An diesem Abend wollte Pia überpünktlich Feierabend machen, aber wie üblich kam etwas dazwischen. Ein Kunde flitzte zwei Minuten vor Ladenschluss herein und wollte noch Bewerbungsbilder machen lassen. Also fuhr sie eine Dreiviertelstunde später als geplant in die Hofeinfahrt und parkte ihr Auto vor der Garage. Alexander hatte sich, wie versprochen, kurz gemeldet und mitgeteilt, dass Tobias einen grippalen Infekt mit einer schweren Bronchitis hatte. Sie drückte die Daumen, dass es Tobias nach dem Arztbesuch nun besser ging, und schlich müde zur Haustür.

Das Haus lag im Dunkeln, nur im ersten Obergeschoss brannte ein Licht. Die Nussbäume wirkten ohne das Laub wie dunkle Schattengestalten, der kalte Wind fegte durch die Einfahrt. Pia zog ihren Kragen höher und beschleunigte ihre Schritte.

Als hätte es die friedlichen Tage nicht gegeben, kam Alexander angeschossen, sobald er den Schlüssel hörte, und gab ihr kurz und knapp die nötigsten Instruktionen, bevor sie überhaupt ihre Jacke ausziehen, geschweige denn ihre Tasche abstellen konnte.

»Hustensaft habe ich ihm gerade gegeben. Alles steht in der Küche. Antibiotika hat er genommen, den Rest hab ich auf den Zettel geschrieben«, ratterte er in einer Geschwindigkeit herunter, die Pia völlig überforderte.

»Stopp! Warte mal.« Pia hielt ihn fest, als er die Haustür aufriss. »Wie hoch war das Fieber?«

Alexander zog reflexartig seinen Arm weg, als hätte er sich verbrannt. »Was?«

»Das Fieber? Wie hoch war es?«, fragte sie, erstaunt über seine heftige Reaktion.

»Neununddreißig-drei. Ich hab ihm vorhin eine Paracetamol-Tablette gegeben.« Sekunden später schlug die Haustür hinter ihm zu.

»Na klasse! Schläft er, hustet er?« Pia stieß einen Fluch aus, legte ihre Jacke ab und eilte nach oben in Tobias' Kinderzimmer. Ihr Bruder schlief unruhig und hatte die Decke aus dem Bett geworfen. Pia hob sie auf und deckte ihn zu. Als sie seine Stirn berührte, erschrak sie – Tobias glühte geradezu. Hatte Alexander nicht gesagt, er hätte ihm eine Tablette gegeben?

Nicht einmal die Tatsache, dass Tobias krank war, schien ihn zu Hause zu halten. Aber das hätte bedeutet, dass er ihre Gegenwart aushalten müsste und genau das war ihm offensichtlich seit längerem zuwider. Dieser Gedanke schmerzte– in dem Wissen ihrer Liebe zu ihm – noch viel mehr.

Pia fühlte immer noch die Schockwellen über die Erkenntnis vom Vortag. Sie konnte noch nicht fassen, was sie die ganze Zeit nicht erkannt hatte. Aber endlich war klar, warum ihr die Distanz und seine ständigen Ablehnungen so wehgetan hatten.

Diese Liebe zu Alexander war völlig hoffnungslos und sie wusste, sie musste diese Gefühle so schnell wie möglich eindämmen und sogar vergessen. Es war schon schwer genug in den nächsten Wochen und Monaten durchzuhalten und eine vernünftige Basis zu finden, damit sie und Alexander sich bis zur Rückkehr der Eltern nicht endgültig zerfleischen würden. Und danach konnte sie ihm ja immer noch den Rücken kehren und ihn meiden – wie die Menschen im Mittelalter die Pest gemieden hatten.

Die Zeiten der Freundschaft und Vertrautheit waren endgültig vorbei – sie waren erwachsen und genauso sollten sie sich auch benehmen. Trotzdem tat dieses Wissen weh – verdammt weh!

Mit einem letzten Blick auf Tobias ging sie nachdenklich ins Wohnzimmer und wählte die Nummer von Alexandra.

»Lexi, hier ist Pia. Tobias hat extrem hohes Fieber. Weißt du, was ich tun kann?«

»Gib ihm eine Paracetamol-Tablette.«

»Alex hat ihm wohl schon eine gegeben. Ich weiß aber nicht wann, er ist weg. Wie immer«, murmelte sie leise.

»So ein Mist!« Alexandra fluchte lautstark. »Du kannst Tobias nicht einfach noch eine geben. Kannst du Alex nicht auf dem Handy erreichen?«

»Alles, nur das nicht. Kann ich nicht ...«

»Pia, sorry. Ich muss zum Step und ich bin eh schon viel zu spät dran. Ruf Alex an!«

Nachdem Alexandra aufgelegt hatte, wählte Pia postwendend Alexanders Nummer, aber er nahm nicht ab, also gab sie nach mehreren Versuchen auf. Sie ging erneut in den ersten Stock. Tobias schlief zwar unruhig, aber dennoch tief und fest. Sie würde in einer Stunde noch einmal probieren, Alexander zu erreichen. Liebevoll strich sie über Tobias' Stirn, die sich noch immer sehr heiß anfühlte. Doch solange er schlief, konnte sie sowieso nichts tun, als abzuwarten.

Sie ging in die Küche, machte sich eine Kleinigkeit zu essen, holte ihre Buchhaltungsunterlagen aus dem Büro und baute alles im Wohnzimmer auf. Alle Türen standen weit offen, sodass sie hören konnte, wenn Tobias wach wurde oder nach ihr rief.

Fluchend begann sie, die Belege zu sortieren. Mit ihrer Konzentration war es jedoch nicht allzu weit her. Immer wieder verfiel sie in Grübeleien, fragte sich, warum sie ihre Gefühle für Alexander nie bemerkt hatte. Sie hatte sich in seiner Gegenwart immer wohl und geborgen gefühlt. Seit er sich so komisch benahm, kam sie sich irgendwie unvollständig vor. Alex fehlte ihr!

Ihr fehlte seine Nähe, die Gespräche mit ihm, ihr fehlte … sein Lachen.

Doch selbst wenn sie es früher begriffen hätte, was hätte es genutzt? Für Alexander war sie nur eine Schwester – eine Schwester, die ihn zudem noch entsetzlich nervte.

»Oh jemine!« Pia legte die Belege weg, vergrub ihren Kopf in den Händen und kämpfte mit den Tränen. Wenn sie nur mit irgendjemandem über ihre hoffnungslosen Gefühle reden konnte. Aber die Sportkurse, die Alexandra gab, fanden in Eschingen statt, und Alexandra war bestimmt nicht vor zweiundzwanzig Uhr zu Hause.

Sie sah sich frustriert im Wohnzimmer ihrer Eltern um. Der helle Raum mit den dunklen, eigentümlich gemaserten Möbeln, mit der beigefarbenen, ausladenden Polsterecke und mit dem flauschigen Teppich, strahlte Geschmack und Gemütlichkeit aus. Hier in diesem Haus war sie aufgewachsen, in diesem Zimmer hatte sie unzählige Stunden mit Alexander verbracht und hier fühlte sie sich zunehmend nervös und völlig fehl am Platz. *Und allein gelassen!*

Noch nie im Leben hatte sie sich so nach einem Mann gesehnt! Und dieser Mann hat nichts anderes im Sinn, als vor ihr zu flüchten, wenn sie in seine Nähe kam.

Verdammt! Denk mal an was anderes! Mühsam riss sie sich zusammen und starrte auf die Stapel, der sich vor ihr türmte. Sie konnte heulen, sie konnte fluchen, aber ändern würde sich dadurch nichts – es war hoffnungslos.

So hoffnungslos, wie diese dämliche Buchhaltung! Da sie sowieso schon mehr als mies drauf war, konnte ihre Stimmung durch diese verhasste Tätigkeit wenigstens nicht noch schlechter werden. Mit zusammengebissenen Zähnen nahm sie den erstbesten Stapel wieder auf und versuchte, dem Chaos Herr zu werden.

Eine Stunde später hörte Pia plötzlich, wie ein Schlüssel in die Haustür gesteckt wurde. Sie stand auf und ging zögernd in den Flur.

Zu ihrer Überraschung betrat Alexander den Vorraum und hängte seine Jacke auf. Ihr angestauter Frust ballte sich zusammen, explodierte und entlud sich wie eine Lavalawine:

»Ich hab dich mehrmals versucht anzurufen«, fauchte sie, insgeheim aber erleichtert, dass er zurückgekommen war.

Er hob den Kopf und zog sein Handy aus der Tasche. »Tatsächlich!«, meinte er ironisch. »Was war denn so wichtig?«

»Ich wollte wissen, wann du Tobias die letzte Fiebertablette gegeben hast.«

»Hab ich doch aufgeschrieben!«, konterte er und Pia zuckte zusammen. Den Zettel hatte sie ja total vergessen. Sie knabberte an ihrer Wange und meinte schließlich zerknirscht, »Sorry, ich bin wohl etwas durch den Wind.«

»Deshalb bin ich ja jetzt noch mal zurückgekommen. Mir hat es auch keine Ruhe gelassen.«

»Aha.« Pia war völlig verblüfft.

»Ja. Entschuldige, ich hatte es vorhin eilig. Wie geht es ihm?«

»Das Fieber ist total hoch. Ich weiß langsam nicht mehr, was ich tun soll. Wenn es morgen nicht besser ist, muss ich nochmals mit ihm zum Arzt.«

»Ich gehe zu ihm hoch.« Alexander sah auf die Uhr. »Wenn er wach wird, dann gebe ich ihm noch einmal eine Tablette.«

»Ich bin so lange im Wohnzimmer.« Pia nickte und sah ihm hinterher, wie er die Treppe nach oben stieg.

»Er ist endlich wieder eingeschlafen. Das Fieber ist etwas runter.« Alexander kam nach einer ganzen Weile mit einer Flasche Mineralwasser und einem Glas wieder ins Wohnzimmer zurück und schaltete den Fernseher ein.

»Wir müssen morgen trotzdem nochmal mit dem Arzt telefonieren.« Er bemerkte erstaunt, wie Pia ihre Unterlagen zusammenpackte, kaum dass er sich auf das Sofa hatte fallen lassen. Sie klappte ihr MacBook zu, stapelte alles aufeinander und ging zur Tür.

»Wohin gehst du jetzt? Stört dich der Fernseher?«

»Nein, ich lasse dich lediglich wie gewünscht in Ruhe. Gute Nacht.«

Alexander hatte es die Sprache verschlagen. Er beobachtete, wie Pia zur Tür hinausstolzierte, und starrte dann perplex auf den Fernseher, ohne irgendetwas aufzunehmen. Er musste mit ihr reden – so ging es einfach nicht weiter.

Alexandra hatte ihn gewarnt, dass er es nur schlimmer machte, indem er sich weiter zu zugeknöpft und ablehnend verhielt. Deshalb hatte er ja auch versucht, auf sie zuzugehen. Er war sogar sicher gewesen, dass seine Idee mit der Fotosession, die Stimmung noch mehr auflockern würde. Doch sein Plan hatte genau das Gegenteil bewirkt. Nur kurze Zeit war es gut gewesen, denn seit gestern hatte sie sich wieder in ihr Schneckenhaus verkrochen. Und da er dann heute wieder vor Frust in einen feindseligen Tonfall verfallen war, lief jetzt alles aus dem Ruder. Pia war immer noch tief verletzt. Er sah es an jedem ihrer Blicke und sie wusste augenscheinlich überhaupt nicht mehr, wie sie mit ihm umgehen sollte.

Und er platzte beinahe vor Eifersucht und vor Ärger, weil Pia ihn in letzter Zeit nicht wirklich wahrzunehmen schien. Stattdessen ging sie mit diesem *Dödel* aus und machte sich mit ihm einen schönen Abend. Während er ihr, wie ein liebeskranker Straßenköter, hinterherschmachtete und stattdessen mit Tobias im McDonalds irgendwelche dämlichen Werbefilme hatte ansehen müssen.

Verdammt, verdammt! Alexander schaltete den Fernseher wieder aus und warf die Fernbedienung neben sich aufs Sofa. Nachdem er noch einige Minuten hin- und herüberlegt hatte, eilte er in den ersten Stock.

»Pia, wir müssen reden. Das ist doch Kindergartentheater, was wir hier veranstalten.«

»Was?« Pia tauchte in der Badezimmertür auf. Den

Mund voller Zahnpasta schrubbte sie ihre Zähne und sah ihn erstaunt an.

Alexanders Mund war innerhalb von Sekunden staubtrocken. Er starrte Pia an und versuchte, einen vernünftigen Satz zu bilden. Als er merkte, dass andere Körperteile das Denken übernahmen, drehte er sich abrupt um und rannte, ohne ein weiteres Wort an Pia zu richten, die Treppe hinunter. Er ahnte, dass Pias Blicke ihn verfolgten und ihre Frage kam auch irgendwann in seinem lahmgelegten Gehirn an.

»Was hab ich jetzt schon wieder falsch gemacht?«

Unten schnappte er sich seine Jacke, gab erneut keine Antwort und verließ fluchtartig das Haus.

Im Auto angekommen ließ er sich auf den Sitz fallen und stöhnte laut auf. »Scheiße!«

Tausende von Male hatte er Pia spärlicher bekleidet gesehen als eben, als sie ganz züchtig in Top und Pyjamahose vor ihm gestanden hatte. Und trotzdem war sie ihm nie verführerischer vorgekommen wie eben in diesem Moment.

Irgendwann würde er sich noch zum kompletten Narren machen, weil er sich nicht mehr unter Kontrolle hatte. Er war kurz davor gewesen, sie in seine Arme zu reißen und zu küssen.

Himmel! Sie war seine Schwester, die nie etwas anderes als einen Bruder in ihm gesehen hatte. Was würde sie von ihm denken? Nein, Lexi hatte Unrecht, Pia durfte nie – niemals etwas von seinen Gefühlen für sie erfahren!

Momentan half also nur die Flucht, denn seine Sehnsucht und sein Verlangen nach ihr ließen sich immer weniger kontrollieren. Er brauchte Abstand, großen Abstand, um wieder zu Sinnen zu kommen und zu überlegen, wie es weitergehen sollte.

Sie konnte gar nicht so schnell denken, wie er weg war. Pia sah Alexander irritiert hinterher und schluckte.

Sein Anblick, egal ob distanziert oder wütend, brachte ihr Herz so wunderbar zum Rasen. Diese Liebe zu ihm war warm und voller Licht; war er anwesend, schien die Welt heller zu werden. Nicht die Liebe zu ihm machte sie traurig – mutlos stimmte sie, dass sie keine Basis mehr für ein Miteinander fanden, wie die Szene eben mal wieder deutlich signalisiert hatte. Trotzdem, manchmal kam es ihr ja eher vor, als sei Alexander auf der Flucht vor ihr.

Sie biss die Zähne zusammen und kämpfte den inzwischen bekannten Schmerz nieder, der ständig beim Gedanken an Alexander in ihr aufflammte. Er würde sich totlachen, wenn er je von ihren Gefühlen für ihn wüsste.

Sie schüttelte den Kopf und ging zu Tobias, um noch einmal nach ihm zu sehen. Er schlief. Kraftlos und erschöpft von der ganzen Anspannung, ließ sie sich auf seine Bettkante sinken und schloss erschöpft die Augen. Die ganze Situation wuchs ihr mehr und mehr über den Kopf. Mit einem letzten Blick auf Tobias gab sie ihrem Kummer nach, eilte in ihr Schlafzimmer, warf sich bäuchlings aufs Bett und vergrub ihr Gesicht im Kissen.

7

Doch die wahren Probleme begannen erst am nächsten Morgen. Tobias' Fieber war erneut gestiegen. Nachdem sie mehrmals vergeblich versucht hatte, Alexander zu erreichen, rief sie verzweifelt Alexandra an.

»Kannst du bitte mal zu Alex gehen und ihn aus dem Bett klingeln! Ich muss ins Fotostudio und Tobias hat wieder hohes Fieber. Ich kann ihn unmöglich alleine lassen.«

»Warte mal.«

Pia hörte ein Rascheln und wusste, dass Alexandra mit dem Telefon ans Fenster lief, von dort konnte sie auf das gegenüberliegende Haus sehen, in dem Alexander wohnte. »Sein Auto steht aber gar nicht da.«

»Was?«

»Ich gehe kurz rüber und klingle. Ich ruf dich sofort zurück«, Alexandra klang noch ziemlich verschlafen.

Pia wartete ungeduldig und hob beim ersten Klingeln erneut den Hörer ab. »Kommt er?«

»Er ist nicht da.«

»Was soll das heißen?«, rief sie entsetzt.

»Es macht keiner auf und wie schon gesagt, sein Auto ist nicht da.«

»Das gibt's doch nicht! Hat der noch alle Tassen im Schrank?«

»Habt ihr euch wieder gestritten?«, fragte Alexandra besorgt.

»Nein. Es war ganz komisch, ich kann dir das jetzt nicht erklären, ich muss ihn finden. Er ist gestern Abend ohne ein Wort zu sagen gegangen.«

»Einfach so?«

»Einfach so!«

»Scheint den Männern im Blut zu liegen. Wenn es schwierig wird, machen sie die Biege.«

Pia erkannte ganz deutlich den Schmerz, der in Alexandras Stimme unverkennbar mitschwang und ihrem eigenen nicht unähnlich zu sein schien.

»Ich muss ihn finden. Lexi, wenn du was hörst oder siehst, schick ihn bitte sofort zu mir.«

Pia beendete rasch das Telefongespräch und wählte erneut Alexanders Handynummer. Wieder ging nur die Mailbox ran.

Irgendwann gab sie entnervt auf und ließ es stattdessen erneut bei Alexandra klingeln. Statt sich zu melden, überfiel diese sie auch schon mit der Frage: »Hast du ihn erreicht?«

»Nein, aber den Arzt. Ich kann in einer halben Stunde vorbeikommen. Lexi, tu mir den Gefallen und häng bitte einen Zettel an mein Fotostudio, dass ich heute geschlossen habe.« Pia rieb sich entnervt die Nasenwurzel und überlegte krampfhaft, wie sie das mit ihren längst überfälligen Aufträgen vereinbaren konnte. Auch heute waren zwei Porträttermine vereinbart, die sie nun wohl oder übel absagen musste. Was für eine Blamage und das alles nur wegen diesem ...

»Ich dachte nicht, dass Alex so ein Arsch ist«, sprach

Alexandra ihre Gedanken aus. »Kann ich noch etwas für dich tun?«

»Nein, danke. Ich melde mich, sobald ich Land ...« Pia brach ab, da ihr Handy in ihrer Hosentasche zu vibrieren begann. »Mein Handy klingelt, vielleicht ist er das. Ich lege auf.«

»Wo bist du?«, schrie sie in ihr Handy, nachdem sie es aus der Hosentasche geklaubt und das Gespräch angenommen hatte.

»Äh ... in Stuttgart. Bist du das, Pia?«, fragte eine unbekannte Stimme am anderen Ende, die unverkennbar weiblich war.

»Entschuldigung!« Pia warf einen genervten Blick auf die Nummer, die ihr aber unbekannt war. »Wer ist denn am Apparat?«

»Tabea. Tabea Lier. Ich bin ganz in deiner Nähe.«

»Dich schickt der Himmel!« Tabea hier in Stuttgart, das konnte nur Schicksal sein. »Du hast nicht zufällig Urlaub?«

»So kann man es auch sagen.« Tabea klang nicht so fröhlich, wie sie diese in Erinnerung hatte, doch Pia stand momentan nicht der Sinn nach näheren Erklärungen.

»Hast du nun, oder nicht?«

»Ich suche einen Job«, erklärte Tabea.

»Noch besser!« Pia ballte die Faust und reckte sie.

»Bitte?«

»Entschuldige, aber du kannst dir nicht vorstellen, was hier los ist. Kannst du vielleicht ein paar Tage mein Fotostudio übernehmen? Mein jüngerer Bruder ist krank und ich kann nicht weg, die Aufträge stapeln sich und heute sind zwei Porträttermine, mehrere Fotobücher werden abgeholt und ...«

»Stopp! Pia, halt mal die Luft an.« Tabea klang jetzt doch amüsiert.

»Mensch, das ist eine echte Fügung!« Pia stöhnte erleichtert auf.

»Den Eindruck habe ich auch. Wo können wir uns treffen?«

Pia gab Tabea die Adresse des Fotostudios durch und sie verabredeten sich auf zehn Uhr. Bis dahin konnte sie den Arzttermin hinter sich und Tobias wieder ins Bett gesteckt haben, dann musste er eben eine Stunde alleine zu Hause verbringen. Sie konnte es jetzt auch nicht ändern. Wieder seufzte sie erleichtert auf.

Tabea hatte mit ihr die Ausbildung zur Fotografin in Stuttgart absolviert und war danach wieder in ihre Heimat Richtung Celle verschwunden, doch sie hatten oft miteinander telefoniert und sich nie ganz aus den Augen verloren. Und aus irgendeiner Fügung heraus war sie nun in Stuttgart und konnte ihr aus der Patsche helfen. Pia schwebte vor lauter Erleichterung in den ersten Stock, wo Tobias einen weiteren Hustenanfall hatte.

»Oh, Tobi, das klingt ja entsetzlich. Du musst aufstehen, wir fahren gleich noch mal zum Arzt.« Sie sah, dass er sein Frühstück überhaupt nicht angerührt hatte, sagte aber nichts. Seine Wangen und die Stirn glühten und den Augen sah man das hohe Fieber an. Sie strich ihm die verschwitzen Haare aus der Stirn und half ihm, sich aufzusetzen. »Komm, ich helfe dir.«

»Pia, ...«, Tobias konnte vor lauter Husten kaum sprechen. »Ich fühle mich so schlecht. Mein Kopf tut weh, ich kann kaum schlucken. Wann kommt Alex?«

»Wenn ich das nur wüsste«, murmelte Pia.

Fünf Minuten nach zehn bog Pia um die Ecke und erkannte Tabea auf den ersten Blick, die bereits vor dem Fotostudio stand und wartete. Die Freundin war eine exotische Erscheinung. Das verdankte sie ihrer indischen Mutter, die eine wahre Schönheit sein musste. Dicke, lange, schwarze Haare waren zu einem Zopf geflochten und schon von weitem konnte Pia den dunklen Teint und die großen, schwarzen Augen erkennen, die ihr neugierig entgegenblickten. Und Pia entdeckte noch etwas anderes darin – Schmerz und Kummer, den sie an ihrer sonst eigentlich immer fröhlichen Freundin nicht kannte.

»Tabea, dich schickt mir der Himmel!« Pia breitete die Arme aus und drückte die Freundin freudestrahlend an sich.

»Pia, wenn ich gewusst hätte, dass ich so herzlich empfangen werde, hätte ich mich schon eher gemeldet.« Tabea küsste Pia auf beide Wangen und lächelte, doch das Lächeln kam nicht in ihren Augen an, wie Pia erschrocken bemerkte.

»Bist du schon länger in Stuttgart?«, fragte sie leise.

»Seit einer Woche«, murmelte Tabea. Sie nagte an ihrer Unterlippe und schien zu überlegen, dann gab sie sich sichtlich einen Ruck. »Jörn ist vor acht Wochen in Kunduz ums Leben gekommen. Ich hab's in Celle nicht mehr ausgehalten.«

»Großer Gott!« Pia zog ihre Freundin erneut in die Arme. Sie kannte deren langjährigen Freund nur flüchtig, aber sie wusste, für Tabea hatte es nie einen anderen gegeben. »Willst du darüber reden?«

»Vielleicht ein anderes Mal, danke.« Tabea wischte sich die Tränen aus den Augen und verzog schmerzlich ihren Mund. »Aber, was ist los bei dir?«

»Willst du die ganze Geschichte oder nur die Kurzfassung hören?« Pia holte ihren Schlüssel aus ihrer Handtasche und schloss den Eingang zum Fotostudio auf.

»Wie wäre es mit der Kurzversion? Und heute Abend trinken wir etwas zusammen, dann erzählst du mir den Rest.« Tabea schaute sich neugierig im Fotostudio um und nickte anerkennend. »Schick hier. Also, zeig mir, was ich wissen muss.«

»Mein kleiner Bruder hat eine schlimme Erkältung und muss das Bett hüten und Alex hat sich gestern aus dem Staub gemacht. Ich habe keine Ahnung, wo er steckt.« Pia riss den Zettel ab, den Alexandra an die Fensterscheibe geklebt hatte, und drehte sich wieder zu Tabea um. »Erinnerst du dich noch an Alex?«

»Ja, dein supercooler Stiefbruder, der immer aussah, als ob er Surflehrer auf Hawaii wäre. Wie könnte ich den vergessen.« Auch jetzt lächelte Tabea wieder, doch Pia spürte die Traurigkeit dahinter.

»Und wo sind deine Eltern?«

»Du wirst es nicht glauben, auf den Salomonen. Für ein Jahr, aber das ist eine lange Geschichte. Komm, ich zeige dir alles.«

Gegen Abend war Pia der Verzweiflung nahe. Alexander ging nach wie vor weder an sein Handy, noch rief er zurück und Tobias' Fieber sank nur, wenn sie ihn mit Schmerzmitteln vollpumpte. Sie hatte keinerlei Erfahrung mit kranken Kindern und eine Heidenangst, etwas falsch zu machen. Wenigstens wusste sie ihr Fotostudio nun in guten Händen und konnte sich mit allen Kräften um Tobias kümmern.

»Neununddreißig-sieben, das gibt es doch nicht.« Pia rieb sich ihre Stirn und sah Tobias verzweifelt an, der kaum die Augen offenhalten konnte. »Ich hole jetzt Heidi. Die wird wissen, was wir tun können.«

Keine zwei Minuten später klingelte sie Sturm an der Nachbartür und betete stillschweigend darum, dass Heidi keinen Dienst hatte. Doch kaum hatte sie den Finger von der Klingel genommen, wurde die Tür aufgerissen.

»Hey, Pia. Wie siehst du denn aus?« Die freundliche Begrüßung wurde sofort von der Frage abgelöst und Pia fühlte den forschenden Blick von Heidi Wartmann über sich gleiten.

»Ich weiß nicht mehr, was ich tun soll. Tobias ist krank. Er hat Fieber, das einfach nicht runtergeht.« Pia traten Tränen in die Augen. Heidi drehte sich um, ging in das nächste Zimmer und kam mit ihrem Arztkoffer zurück.

»Komm, lass mich ihn mal ansehen.«

»Danke, du bist meine Rettung.«

Zu Hause untersuchte Heidi Tobias gründlich und kontrollierte das Fieberthermometer mit den gespeicherten Werten. Mehrmals horchte sie ihn ab und seufzte schließlich leise auf. »Tobias hat eine Lungenentzündung. Wir müssen ihm ein anderes Medikament geben. Ich fahre kurz in die Apotheke, dann komme ich wieder.«

Pia nickte und sah Heidi zu, wie die alles wieder einpackte, gleichzeitig ergriff sie Tobias' Hand und drückte sie. »Heidi holt dir ein anderes Medikament. Dann wirst du bestimmt gleich schlafen können.«

Erschöpft sah ihr kleiner Bruder sie an und nickte kaum merklich.

»Bin gleich wieder da. Ich hab ja einen Schlüssel.« Heidi verschwand fast unmerklich, während Pia ihrem Bruder half, den verschwitzten Schlafanzug zu wechseln.

Eine Viertelstunde später hörten sie, wie die Haustür geöffnet wurde, dann Schubladengeklapper in der Küche, dann war Heidi wieder da. Sie goss das Antibiotikum auf den Löffel und gab es Tobias ganz vorsichtig.

»Das wird schon, Pia.« Heidi setzte sich Pia gegenüber und verstaute den Löffel wieder in der Medikamentenpackung. »Ich komme morgen früh gleich nochmal vorbei. Die Lungenentzündung bekommen wir mit dem Antibiotikum in den Griff. Aber er muss sehr viel trinken, achte darauf. Und gib ihm höchstens noch eine Schmerztablette, mehr nicht.« Heidi schrieb erneut ein Rezept aus, riss es vom Block und hielt es

Pia hin. »Hier, das ist für einen Inhalator. Der Apotheker bekommt ihn morgen früh ab neun Uhr geliefert. Hol alles aus der Apotheke und dann soll Tobias alle paar Stunden inhalieren. Aber jetzt muss er erst mal zur Ruhe kommen. Tschau, Tobi, du musst jetzt schlafen«, verabschiedete sie sich von ihm, doch er hatte die Augen geschlossen und schien schon vor lauter Erschöpfung eingeschlafen zu sein.

»Tucker, komm schon.« Pia hatte sich bemüht, Heidis schnellen, stakkatoartigen Ausführungen zu folgen, sortierte im Geiste die wichtigsten Anweisungen, während sie an Tuckers Halsband zog. Der lag, wie immer, am Fußende des Bettes, nicht gewillt Pias Aufforderung nachzukommen, denn er sah sie fast verächtlich an und legte den Kopf auf seine Pfoten.

»Dann halt nicht. Danke, Heidi.«

»Ist doch selbstverständlich. Wenn was ist, ruf mich an. Ich bin ja gleich da.« Heidi folgte Pia grinsend die Treppe hinunter, dann wurde sie ernst. »Noch was anderes, Pia.«

Pia, die das Rezept auf den Garderobenschrank gelegt hatte, blickte bei dem Tonfall auf. »Was ist los?«

»Wir haben doch erst kürzlich von Christian gesprochen.« Heidi war es sichtlich unangenehm, über ihren Sohn zu sprechen – der für alle so unverständlich – Alexandra einfach hatte sitzenlassen.

»Ja, und?«

»Er kommt vermutlich im März wieder ... Die bauen doch in Eschingen einen neuen Krankenhaustrakt an. Christian hat wohl das Angebot, dort als leitender Oberarzt einzusteigen. Er kommt nächste Woche für drei Tage und will es sich mal ansehen.«

»Erzähl das bloß nicht Lexi.«

»Ich wollte dich eigentlich bitten, dass du es ihr sagst.« Heidi biss sich auf die Unterlippe.

»Nee!« Pia schüttelte energisch den Kopf. »Nein, Heidi, den Schuh ziehe ich mir nicht an. Ich kann überhaupt nicht einschätzen, wie sie dazu steht. Sie redet mit mir über alles, aber das Thema Christian ist tabu. Nee, bitte nicht.«

Heidi stöhnte unterdrückt auf. »Hab ich mir schon gedacht. Vielleicht sollten wir gar nichts sagen und es drauf ankommen lassen.«

»Auch eine Möglichkeit. Aber ich weiß nicht, ob ...«

»Mir ist grundsätzlich bei dem Gedanken nicht wohl, dass Christian wieder auftaucht. Auch wenn er mein Sohn ist und ich mich freue, dass er endlich nach Hause kommt.«

»Lexi hat ihn nie vergessen.«

»Ich weiß!« Heidi zuckte verlegen mit den Schultern. »Ich werde auch nie verstehen, was ihn damals für ein Teufel geritten hat. Nun ja, wir werden sehen, wie es läuft. Ich muss ihr außerdem noch beibringen, dass er ...« Heidi brach ab, als ihr Piepser losging.

»Oh, nein. Eigentlich hab ich gar keine Bereitschaft.« Sie verdrehte die Augen und entschuldigte sich schnell. Pia sah ihr kopfschüttelnd hinterher und fragte sich einmal mehr, wann Heidi endlich auch mal an sich denken würde.

8

Wieder ein paar Tage später schaute Pia überrascht auf die Uhr, als es abends klingelte. Tucker bellte und jagte zur Tür. Drei Tage waren seit Alexanders Verschwinden vergangen. Tobias erholte sich nur langsam und schlief noch viel. Die Lungenentzündung war zwar überstanden, aber jetzt galt es, den restlichen Infekt auszukurieren.

Es klingelte erneut, dieses Mal energischer. »Wer kann das sein?«, Pia schaute fragend zu Tobias, der warm eingepackt auf dem Sofa lag, ein Comic las und auf ihre Frage hin, mit den Schultern zuckte.

»Vielleicht ein Paket?«, fragte er hoffnungsvoll.

»Wohl kaum abends um sechs.« Pia grinste und ging zur Tür, bevor der ungeduldige Besucher erneut die Klingel malträtieren konnte.

»Ach was? Auch mal wieder in der Gegend?«, rutschte ihr heraus, als sie Alexander im spärlichen Licht erkannte. »Hast du deinen Schlüssel verloren?«

Der kämpfte mit dem Hund, der winselnd an ihm hochsprang. »Ist ja gut. Sitz, Tucker!«

Endlich ließ der Hund ab und Alexander hob den Blick. Dabei kratzte er sich über seinen Bart. Offensichtlich war er nicht nur ohne Bescheid zu sagen abgehauen, sondern hatte auch noch seinen Rasierer vergessen. »Ich dachte, ich klingele lieber, bevor du womöglich noch die Polizei rufst. Wie geht es Tobi?« Er drängte sich dicht an ihr vorbei und Pias Herz begann einen Hundertmetersprint.

»Nicht gut. Er hatte jetzt tagelang hohes Fieber.«

Pia gab der Haustür einen Schubs, doch sie fiel leider nicht so lautstark ins Schloss, wie sie es gerne gehabt hätte. »Wo warst du?«

»In Radstadt. Ich musste mal raus.«

Pia zählte ganz langsam bis zehn, dann bis fünfzehn und weiter, denn die Wut brodelte so heiß in ihr, dass sie kurz davor war, ihm eine Ohrfeige zu verpassen.

In Radstadt! Im Leben wäre sie nicht auf die Idee gekommen, dass er sich in der Ferienwohnung ein paar schöne Tage gemacht hatte, während sie hier nicht wusste, wo ihr der Kopf stand.

»War's wenigstens schön?«, fragte sie mit ironietriefender Stimme. »Während du dir ein paar ruhige Tage gegönnt hast, weiß ich inzwischen nicht mehr ...

»Pia, ich weiß, dass ich Mist gebaut und dich im Stich gelassen habe. Ich mache es wieder gut ... Versprochen.« Alexander stoppte ihren Redefluss, indem er die Hand auf ihren Mund legte. Als sie sein schlechtes Gewissen erkannte, wurde sie ruhiger und amüsierte sich insgeheim darüber, wie verunsichert er war.

»Also, schläft er?«, fragte er und ließ sie nicht aus den Augen.

»Nein, er liegt auf dem Sofa und liest ... Wenn Heidi nicht da gewesen wäre, dann hätte ich ihn ins Krankenhaus bringen müssen. Er hatte eine Lungenentzündung. Aber seit gestern geht es aufwärts ...«, wiegelte sie ab, als sie sah, wie er erblasste. »Die Lungenentzündung haben wir im Griff, jetzt muss er nur noch das Fieber und der Husten auskurieren.«

»Ich hätte mich melden sollen«, bemerkte er kleinlaut.

»Ja, hättest du oder wenigstens dein Handy mal abhören sollen.« Sie klang schnippischer als sie wollte. Aber als sie Alexander nun wieder gegenüberstand, begannen ihre Gefühle erneut mit einer Achterbahnfahrt. Von glücklich, ihn zu sehen, über wütend, dass er sie so im Stich gelassen hatte, bis hin zur Verzweiflung, dass sie mit ihrer Liebe ganz allein war. Dennoch, die Erleichterung ihn zu sehen, zu wissen, dass es ihm gut ging, überwog und so lenkte sie schnell ein.

»Dir geht es momentan wohl nicht besonders gut?«, fragte sie vorsichtig.

»Du merkst auch alles.«

»Liebeskummer?«, entfuhr ihr.

»Könnte man so sagen«, meinte er, ohne aufzusehen.

»Ich will es gar nicht wissen.« Sie hob abwehrend die Hand. »Und jetzt komm schon! Tobias fragt sowieso schon dauernd nach dir.«

Alexander folgte Pia ins Wohnzimmer. Schon als er sie gesehen hatte, war ihm klar, dass die Flucht umsonst gewesen war. Er würde sie nicht so leicht aus dem Kopf bekommen, wie er gehofft hatte. Also musste er jetzt versuchen, mit seinen Gefühlen für sie zu leben.

»Hey, Kumpel. Was machst du denn für Sachen?« Alexander ging neben Tobias auf die Knie und strich ihm über die Stirn.

»Hey, Alex. Wo warst du denn?« Tobias sah ihn neugierig an, doch Alexander erkannte sofort, dass sein kleiner Bruder noch lange nicht gesund war. Blass und schmal lag er da, eine Decke fast bis zum Kinn hochgezogen und seinen Kuschelhasen, der ja eigentlich schon überflüssig geworden war, fest im Arm.

»In Radstadt. Was hältst du davon, wenn ich heimfahre, meine Sachen packe und bei euch einziehe?« Als er sah, dass Pia protestieren wollte, sprach er schnell weiter. »Nur so lange, bis es Tobias wieder gut geht. Dann kannst du morgen wieder in dein Fotostudio ...« Er brach ab, als ihm zum ersten Mal klar wurde, was er Pia eigentlich mit seinem Verschwinden angetan hatte. Seufzend stand er auf und sah sie schuldbewusst an. »Sorry, daran hab ich keine Sekunde gedacht. Ich bin ein Trottel.«

»Dazu sag ich jetzt mal nichts. Gott sei Dank ist Tabea aus heiterem Himmel aufgetaucht, sie hat mich im Fotostudio vertreten.« Pia nagte an ihrer Unterlippe. »Alex, ich hätte nichts dagegen gehabt, dass du ein paar Tage verreist. Aber ich wäre schon dankbar gewesen, wenn ich es vorher gewusst hätte und auch hätte einplanen können. Außerdem habe ich mir Sorgen gemacht, ob dir etwas passiert ist.«

»Kommt nicht wieder vor.« Alexander steckte die Hände in die Gesäßtaschen und wippte von einem Fuß zum anderen. »Also, ich fahre heim, packe kurz um und komme gleich wieder.«

»Ich richte derweil das Abendessen.« Pia lächelte ihn unsicher an. »Du hast doch bestimmt auch noch nichts gegessen?«

»Nein!« Er zögerte nur kurz. »Also, bis gleich. Ich beeile mich.«

»Kann ich noch was tun?«

Alexander hatte Tobias ins Bett gebracht, seine Tasche ausgepackt und kam zurück in die Küche.

»Nein, danke, alles erledigt. Wir könnten ein Glas Wein trinken.« Pia räumte das restliche Geschirr vom Abendessen in die Spülmaschine, riskierte einen Blick über die Schulter, biss sich auf die Lippe und wartete nervös auf die nächste Abfuhr von ihm. Wieder zog sich ihr Herz bei dem Gedanken zusammen, dass sie einfach nicht mehr wusste, wie sie mit ihm umgehen sollte. Die Verunsicherung quälte sie und die Liebe zu ihm schwächte sie zusätzlich, weil sie so präsent war, wenn er so nah vor ihr stand.

Halt durch, Pia. Das wird wieder, flüsterte sie sich selbst Mut zu und bekam seine Antwort deshalb nur am Rande mit.

»Gern. Ich sage Tobias, dass die zehn Minuten um sind und er jetzt das Licht ausmachen soll, dann hole ich eine Flasche rauf. Nimmst du schon die Gläser mit ins Wohnzimmer?« Schon war er verschwunden!

Pia starrte ihm hinterher und fragte sich, ob sie sich jetzt verhört hatte. Sie ging ins Wohnzimmer, setzte sich und zog ihr MacBook auf ihren Schoß.

»Hab ich dir eigentlich schon mal gesagt, dass ich dich bewundere, wie du dein Fotostudio und Tobias unter einen

Hut bekommst?« Alexander kam mit einer bereits entkorkten Flasche Wein zu ihr und schenkte die Gläser ein. Überrascht sah Pia von ihrem MacBook auf.

»Danke! Aber du machst doch das meiste.«

»Ich mache nur Hausaufgaben und den Fahrdienst. Alles andere machst doch du.« Er grinste und setzte sich in die andere Ecke des Sofas. »Wie läuft es im Fotostudio?«

»Äh.« *Warum interessierte er sich auf einmal für sie?* »Gut. Erstaunlich gut. Ich kann mich vor Aufträgen momentan kaum retten. Hoffentlich kann ich Tabea überreden, mir noch eine Weile erhalten zu bleiben. Jörn ist in Kunduz bei einem Selbstmordattentat ums Leben gekommen«, fügte sie leise hinzu.

»Oh Gott! Ich dachte, er sei längst wieder in Deutschland.«

»Dachte ich auch. Tabea redet nur wenig darüber. Die viele Arbeit scheint ihr aber gutzutun. Was mir entgegenkommt, schließlich hab ich momentan Arbeit für zwei.«

»Schon seit Monaten hast du kaum ein freies Wochenende. Vielleicht solltest du wirklich mal überlegen, eine Hilfe einzustellen.«

»Oder eine Partnerin dazuholen.« Pia hatte in den letzten Tagen auch schon mehrfach an diese Möglichkeit gedacht. »Meine Fotokalender und die Fotobücher gehen jetzt vor Weihnachten weg wie warme Semmel.«

»Die sind ja auch was Besonderes.«

Pia runzelte überrascht ihre Stirn. *Woher wollte er das wissen?* Er hatte ihres Wissens noch nie einen Blick in eines der Bücher geworfen.

»Ich hab die Muster in deinem Fenster gesehen.« Alexander schien ihre Überlegungen zu ahnen.

»Hm.«

»Was machst du da eigentlich?«, fragte er nach einigen Minuten, in der ihr zugesehen hatte, wie sie im Internet surfte.

»Ich sehe nach dem Wetter auf den Salomonen. Mama und Fred melden sich ja kaum noch. Ich will wenigstens auf dem Laufenden sein, was dort wettertechnisch los ist.«

»Zeig mal.« Alexander rückte näher und drehte das MacBook, damit sie gemeinsam reinsehen konnten.

Pia versteifte sich und überlegte krampfhaft, warum er auf einmal so gesprächig war. Aber, wenn sie wenigstens wieder miteinander reden könnten, ohne sich gegenseitig Beleidigungen an den Kopf zu werfen, war das ja schon ein großer Fortschritt.

»Wow, guck mal. Die bekommen einen schönen Sturm.«

Fast eine halbe Stunde lang surften sie einträchtig durch das Internet auf der Suche nach Informationen. Pia war sich seiner Nähe wohl bewusst, die ihr mehr und mehr zusetzte. Irgendwann lehnte sie den Kopf nach hinten und schloss bedrückt die Augen, dabei rückte sie unmerklich ein Stück von ihm ab.

»Geh doch ins Bett, wenn du müde bist«, meinte Alexander und nahm ihr das MacBook ab.

Hast du eine Ahnung! Ich bin alles, nur nicht müde! Pia streckte sich. »Geht schon.«

»War ein netter Abend. Hat mir echt gefehlt.«

»Das sagt der Richtige«, entgegnete sie und warf ihm einen knappen Blick zu. »Du hast mir doch erklärt, dass du genau so was in Zukunft nicht mehr haben willst.«

»Pia, das war bescheuert von mir.« Alexander holte sichtlich betroffen tief Luft. »Wie oft soll ich mich noch entschuldigen?«

»Ich will es ja nur verstehen. Sag mir eine einzige Situation, in der ich dich eingeengt habe. Ich überlege ständig und drehe mich im Kreis. Letztes Jahr im Skiurlaub war bis zum letzten Abend alles in Ordnung gewesen. Und dann ... Eben haben wir noch getanzt, dann drehst du dich um und lässt mich einfach stehen. Warum?«

»Warum – warum? Ich gebe zu, ich war unausstehlich in letzter Zeit.« Alexander rieb sich seine Nasenwurzel. »Das hatte andere Gründe. Erklär ich dir vielleicht ein anderes Mal.«

»Nein, jetzt – endlich reden wir wieder miteinander. Bitte lass uns das aus der Welt schaffen.«

Alexander stöhnte unterdrückt, stand auf und begann unruhig im Zimmer hin- und herzulaufen. Sie ließ ihn in Ruhe und wartete geduldig ab.

»Also gut. Dann blamiere ich mich jetzt halt bis auf die Knochen.« Er drehte sich zu ihr um. »Ich bin verknallt, total. Mich hat es dieses Mal so was von erwischt und ich weiß nicht, wie ich damit umgehen soll.«

Damit hatte sie nun wirklich nicht gerechnet. Pia schluckte die Enttäuschung, die sie übermannte, hinunter und murmelte leise: »Was ist das Problem? Will sie nicht?«

»Sie weiß es gar nicht.«

»Bitte?« Pia blickte ihn jetzt entsetzt an. »Warum sagst du es ihr denn nicht?«

»Weil ich Angst habe, dass ich alles, was uns verbindet, zerstöre. Die Freundschaft, das Vertrauen. All die Jahre, die ich sie kenne, war ich nichts anderes als ein guter Freund für sie ...«

Pia hörte nicht mehr zu. Er sprach von *Lexi!* Alexander hatte sich in Lexi verliebt und erwartete jetzt einen Rat von ihr.

Falscher Adressat!, geisterte durch ihre Gedanken. Ihr wurde ganz flau bei der Vorstellung, dass sie womöglich zukünftig mit Lexi und ihm als Paar zu tun hatte.

Niemals, sie kannte Lexi und wusste, dass er bei Lexi definitiv keine Chance hatte.

Alexander war sich sicher, dass Pia begriffen hatte, was er ihr durch die Blume sagen wollte. Ihre Wangen nahmen eine rosige Farbe an und sie wirkte zunehmend angespannter. Als keine Antwort kam, hakte er nach. »Was meinst du, habe ich eine Chance?«

»Alex …« Pia räusperte sich. »Alex, ich will dir nicht zu nahe treten oder dich verletzen, aber …« Sie brach ab und suchte augenscheinlich nach den richtigen Worten. Er ahnte nichts Gutes bei ihrem Gesichtsausdruck.

»Aber … ich fürchte, … deine Chancen sind weniger oder gleich Null! Sorry!«

Er stieß zischend die Luft aus, die er unbemerkt angehalten hatte. »Ja – genau so habe ich das auch eingeschätzt und trotzdem bekomme ich es nicht in meinen Schädel rein.« Alexander biss die Zähne zusammen. Diese Bestätigung seiner schlimmsten Befürchtungen schmerzte mehr, als er erwartet hatte. »Es tut weh.«

»Ja, das tut es!« Pia schluckte sichtbar. »Alex, es tut mir leid …«

»Schon gut. Du kannst ja nichts dafür«, meinte er leise.

»Ich verspreche auch, dass ich mich in Zukunft zusammenreiße und nicht länger, wie ein Volltrottel aufführe.«

»Das wäre in der Tat wünschenswert«, entgegnete Pia, bevor sie das MacBook zusammenklappte, das er auf den Tisch gestellt hatte. »Schlaf gut.«

9

Nicht mehr wie ein Volltrottel aufführen – leichter gesagt, als getan.

Sein Versprechen kam ihm inzwischen wie ein Mantra vor, so oft hatte er es sich in den letzten Tagen immer wieder vorgehalten. Aber was nutzte es, wenn das Objekt seiner Begierde direkt vor seiner Nase saß?

Fast wütend starrte Alexander wenige Tage später auf Pias zierlichen Hals, der heute besonders zur Geltung kam, da sie die Haare hochgesteckt hatte.

Pia war vor einer Stunde vom Joggen gekommen, hatte geduscht und sich direkt im Wohnzimmer am gesamten Esstisch ausgebreitet und sortierte nun schon eine ganze Weile einen Berg von Belegen. Tucker lag friedlich neben ihr und kaute an einem Gummiknochen.

Alexander hatte sich erst in seinem Zimmer vergraben, auf seiner Gitarre geklimpert, anschließend im Internet gesurft und es sich verkniffen, ihr Gesellschaft zu leisten. Doch irgendwann hatte er es nicht mehr ausgehalten und jetzt stand er an den Türrahmen gelehnt und folterte sich selbst. Manches Mal fragte er sich ernsthaft, ob er einen Hang dazu hatte, sich diesen Qualen auszusetzen: Erst der

Vorschlag, ein Jahr lang gemeinsam auf Tobias aufzupassen und nun das Angebot, hier einzuziehen, bis Tobias endgültig wieder gesund war.

»Kann ich dir helfen?«, fragte er ganz automatisch.

»Huch!« Pia sah erschrocken auf. »Ich habe dich gar nicht kommen hören.«

»Oh – ich kann mich immer noch wie ein Pfadfinder anschleichen«, er grinste bei der Erinnerung. »Ich fragte, ob ich helfen kann.«

Ihre Augen wurden kugelrund, als er die Frage wiederholte. Sie krauste ihre Nase und schien zu überlegen, was sie von diesem Angebot halten sollte. Endlich beantwortete sie seine Frage. »Nein danke, muss nicht sein. Du hast bestimmt was anderes zu tun.«

»Ich hätte nicht gefragt, wenn ich keine Zeit hätte.«

»A-ha«, Pia klang noch immer nicht überzeugt. Die Stimmung zwischen ihnen beiden schwankte zwischen Vorsicht, Distanz und Misstrauen. Er wusste, es war noch lange nicht alles vergessen und Pia schien immer noch verletzt, was er, wenn er ehrlich war, auch gut nachvollziehen konnte. Schließlich war er alles andere als fair und sanft mit ihr umgegangen. Doch jetzt hatte er die Chance, Pia zu beweisen, dass es ihm wirklich ernst war mit seiner Entschuldigung und dem Versprechen, dass sie ihm wieder vertrauen könne.

»Also? Buchhaltung war noch nie deine Stärke«, versuchte er jetzt einen Scherz.

Pia verzog das Gesicht zu einem vorsichtigen Lächeln. »Wäre ‚ne echte Erleichterung. Bestimmt bist zu zehnmal schneller fertig als ich.«

»Lass sehen.« Alexander setzte sich neben sie, ignorierte ihren üblichen Limettenduft und lenkte sich ab, indem er schnell versuchte, einen Überblick zu gewinnen.

»Echt jetzt?«

»Sehe ich so aus, als ob ich Witze mache?«

»Nein, aber ...« Pia senkte den Kopf. »Alex, ich weiß einfach nicht, ob ich dir wirklich glauben soll.«

»Ein Versuch ist es doch wert, oder?« Er hob mit dem Zeigefinger ihr Kinn an, auch wenn er das Gefühl hatte, sich zu verbrennen. »Gib mir eine Chance, bitte.«

»Tja, also ...« Pia schlug ihm jetzt spielerisch auf die Hand und grinste plötzlich fröhlich wie früher. »Aber sag nachher ja nicht, dass es meine Idee gewesen ist. Hier sind die Lieferantenrechnungen. Rechnung von mir. Rechnungen, die ich noch schreiben muss. Büromaterial, Versicherungen«, erklärte sie und deutete von einem Stapel zum nächsten.

Alexander konnte sich nicht sattsehen. Ihr Hals streckte sich, während sie von einem Stapel auf den anderen tippte, dabei wippte ihr dunkles Haar auf und nieder und eine Strähne fiel ihr immer wieder ins Gesicht. Zum ersten Mal bemerkte er, wie müde sie aussah und seine Schuldgefühle verstärkten sich.

Seit die Eltern weg waren, ackerte sie wie ein Tier. Jeden Morgen stand sie in aller Herrgottsfrühe auf, drehte eine Runde mit Tucker, machte das Frühstück, weckte Tobias, schickte ihn zur Schule und öffnete dann für acht Stunden oder länger ihr Fotostudio. Jeden Abend kochte sie ein warmes Essen, danach bearbeitete sie stundenlang noch irgendwelche Fotos oder machte – wie heute – ihre Buchhaltung. Und jetzt war sie tagelang vor Sorge um Tobias mit viel zu wenig Schlaf ausgekommen, und dennoch war sie auch heute Morgen um sechs Uhr aufgestanden und nach dem Frühstück in ihr Geschäft geeilt. Dagegen war sein Leben momentan geradezu stressfrei und langweilig. Schnell wandte er sich den Belegen zu.

»Was ist das?«

»Bewirtungsbelege.« Sie schob einen Haufen auf einen anderen. Als sie zu bemerken schien, dass er sie nicht aus den Augen ließ, hob sie fragend die Augenbraue hoch.

Er schüttelte belustigt den Kopf. »Bewirtungsbelege? Wie willst du dem Finanzamt Bewirtungsbelege erklären?«

»Man kann es ja mal versuchen«, murmelte sie.

»Pia!« Alexander schüttelte belustigt den Kopf. »Mach du deine Arbeit, ich mach meine. Geh, deine Fotos retuschieren, husch ... mach schon.«

»Echt?«, wiederholte sie wie ein Echo.

»Echt oder besser, geh schlafen. Du siehst aus wie ein Gespenst.«

»Wenn ich ehrlich bin, geht es mir auch nicht besonders gut«, gab sie zu. »Vielleicht sollte ich wirklich mal früh ins Bett gehen. Aber du ...«

»Ja, ich melde mich, falls etwas mit Tobias ist. Versprochen.« Alexander nickte und sah ihr zu, wie sie ihre Strickjacke zuzog, als fröstele sie und langsam zur Tür schlich, wo sie ihm nochmals einen ungläubigen Blick zuwarf.

Auch wenn sie todmüde war und starke Kopfschmerzen hatte, kam Pia nicht zur Ruhe. Sie wälzte sich unruhig von einer Seite zur anderen und grübelte über Alexanders verändertes Verhalten nach. Ganz langsam schien die alte Freundschaft zurückzukehren, die Vertrautheit von früher trat an die Stelle der Feindschaft und das Lachen zwischen ihr und Alexander war wieder da, wenn auch mit vorsichtigen Zwischentönen.

Und wenn sie im Wissen um ihre Liebe zu ihm jetzt mit ganz anderen Probleme kämpfte – nämlich ihn nichts merken zu lassen, fiel ihr der Umgang mit ihm wieder deutlich leichter. Die Liebe zu ihm war weiterhin präsent und würde sich nicht so einfach abschalten lassen. Aber das störte sie nicht – wichtig war, dass sie wieder miteinander umgehen konnten.

Miteinander reden, miteinander leben konnten.

Irgendwann würde ihr Herz begreifen, dass aus der Liebe zu ihm nie mehr werden konnte. Ein Paar würden sie nie werden, aber dafür eine Familie bleiben und das war weit wichtiger – für alle.

»Mach mal Pause, Pia! Tucker, lass das!«

Wieder war seit dem Friedensangebot eine Woche vergangen. Pia war eines späten Samstagnachmittags im Garten und stoppte mit dem Laubrechen, als sie Alexanders Stimme hörte, der den Hund abwehrte. Er hielt in jeder Hand einen dampfenden Becher und kam vorsichtig näher, während der Hund wie wild um seine Beine tänzelte.

»Tee? Tucker, nein!« Bei seinem Befehlston drehte der Hund sofort um, der sich auf den Laubhaufen hatte stürzen wollen. »Ich hab Tobias erlaubt, Play Station zu spielen, ihm ist langweilig. Ich schätze, es ist besser, wir schicken ihn nächste Woche wieder zur Schule. Was tust du da?«

»Braver Hund!« Sie tätschelte Tucker den Kopf, dann zog sie sich die Mütze über ihre Ohren. »Nach was sieht es aus? Ich liege in der Sonne und lasse es mir gutgehen«, meinte sie und streckte ihren schmerzenden Rücken durch. Dann nahm sie ihm den Becher ab und nippte daran. »Sauwetter – danke, das tut gut.«

Die Stürme im Haus hatten sich gelegt. Doch nun stürmte es dafür draußen umso heftiger. »Ich muss das Laub zusammenrechen, bevor der Wind zulegt und noch die Sträucher zurückschneiden.«

»Heute?«

»Klar heute, sonst hab ich keine Zeit mehr. Außerdem, hast du den Wetterbericht gesehen?«

»Nö. Ich schätze, damit bist du ja noch einige Zeit beschäftigt.« Als Pia nicht antwortete, drehte er sich um und verschwand im Haus.

»Arsch!«, empörte sich Pia und fuhr mit dem Rechen heftiger als nötig über den Rasen. So weit ging die neue Freundschaft also nicht. Vermutlich schmiss er sich jetzt neben Tobias aufs Sofa und spielte mit ihm.

Selbst wenn sie sich heute Abend nicht mehr bewegen

konnte – sie würde ihn nicht fragen, ob er helfen könnte. Nachdem sie die letzten Blätter zu einem Haufen aufgetürmt hatte, betrachtete sie verträumt den dunkelroten Perückenstrauch, der erst später seine Blätter verlieren würde.

»Wenn du mir die Rebschere gibst, schneide ich die Sträucher zurück«, ertönte es da hinter ihr. Zögernd drehte sie sich um. Alexander war umgezogen, trug jetzt eine löchrige Jeans, die er weiß Gott wo gefunden hatte, und einen alten Anorak seines Vaters, der an den Armen viel zu kurz war.

»Dafür brauchst du keine Rebschere, sondern eine Säge und die Astschere, die in der Garage hängt«, brachte sie vor Überraschung gerade so raus.

»Gut, bin gleich wieder da.«

Während Pia ihm noch verblüfft hinterhersah, war er auch schon zurück. »Also – gib mir Instruktionen, welcher Strauch und wie kurz?«

Nachdem Pia erklärt hatte, was zu tun war, arbeiteten sie schweigend nebeneinander, bis sie schließlich vor dem ersten der hohen Nussbäume standen, auf denen sie schon als Kinder herumgeklettert waren.

»Was machen wir mit denen?«, fragte er.

»Die langen Äste runter, den Rest muss Fred im Frühjahr schneiden. Ich habe keine Ahnung, was er damit vorhat.«

»Ich steig mal rauf. Wie früher.« Er grinste sie so fröhlich und vertraut an, dass Pias Knie butterweich wurden.

»Irgendwie ist aus unserem Baumhaus nie was geworden«, meinte er. Er sägte und reichte ihr den ersten Ast.

»Schade eigentlich.« Pia versuchte Tucker den Ast zu entreißen, den der sich schnappen wollte.

»Wir könnten ja für Tobi eines bauen.«

»Jetzt?« Pia schaute in den Himmel. Die Wolken wurden immer dunkler und bedrohlicher. »Wir sollten eher zusehen, dass wir fertig werden. So wie das aussieht, schneit es gleich.« Sie band ihr Halstuch neu und rieb sich die kalten Hände. Genau in dem Moment begann es, zu schneien. Weiße Flocken segelten lautlos zu Boden.

»Alex, sieh nur. Es schneit!« Vor Begeisterung drehte Pia mit ausgestreckten Armen eine Pirouette. »Jedes Jahr begeistern mich die ersten Schneeflocken.«

Versonnen stand sie da und streckte ihr Gesicht in den Himmel. »Ich muss eine Laterne holen und sie auf die Terrasse stellen. Schnee und Kerzen gehören irgendwie zusammen. Herrlich!«

Während sie mit roten Wangen, roter Nase und die Mütze tief über die Ohren gezogen dastand, strahlte sie wie ein Kind.

»Mach uns lieber einen Glühwein, ich mache hier fertig.«

»Sicher?«

»Sicher!« Er grinste sie an.

»Okay, dann bist du nachher dafür vom Abwasch befreit.«

»Guter Vorschlag. Jetzt mach schon, dass du ins Warme kommst.«

Pia spürte deutlich Alexanders Blicke, als sie nach Tucker pfiff und Richtung Haus ging. Doch das Gefühl war nicht unangenehm. Die Liebe für ihn füllte sie aus. Sie kam nicht um vor Liebeskummer, auch wenn sie wusste, ihre Träume würden nie Wirklichkeit werden. Was wirklich zählte, war doch, dass ihre Freundschaft zurückgekehrt war, so wie sie es sich immer gewünscht hatte.

»Ich hab die Karten für den Weltweihnachtszirkus an die Pinnwand gehängt.« Pia warf Alexander einen Blick über die Schulter zu und schloss die Spülmaschine. Dann ließ sie heißes Wasser ins Spülbecken laufen, um die restlichen Töpfe und Pfannen von Hand abzuwaschen. »Hoffentlich freut er sich auch.«

»Warum nicht?« Alexander nahm einen Topfdeckel und trocknete ihn ab.

»Keine Ahnung«, Pia zuckte mit den Schultern. »So erfahren bin ich nun auch wieder nicht, dass ich weiß, ob ein Zehnjähriger gern in den Zirkus geht. Du musst wirklich nicht helfen«, meinte sie abwesend und blickte ihn kurz an, doch wieder fiel ihr Blick durch das Fenster in den Garten.

»Guck doch, wie schön das ist.« Pia deutete nach draußen. Mittlerweile lag eine dichte Schneedecke. Sie spülte einen Topf und stellte diesen gedankenverloren neben die Abtropffläche, sodass er zurück ins Spülbecken rutschte und das Wasser wild nach allen Seiten spritzte. Sie sprang vor Schreck in einem Satz nach hinten und sah fluchend an sich hinab, während Alexander in Lachen ausbrach. Ihr T-Shirt war von oben bis unten durchnässt. Sie zog es sich mit spitzen Fingern von der Haut und fluchte dabei unterdrückt.

»Lach nicht!« Pia drehte sich um und merkte gar nicht, dass Alexander blitzartig verstummte. Sie kniete nieder und wischte die Pfütze zu ihren Füßen auf. Erst als sie sich aufrichtete, sah sie, dass Alexander sie wie versteinert anstarrte.

»Ist was?«, fragte sie verunsichert und folgte seinem Blick. Da erst erkannte sie, dass ihr weißes T-Shirt wie eine zweite Haut an ihr klebte. »Mist!«

»Ich halt das nicht mehr aus!« Mit einem Satz war Alexander bei ihr und zog sie in seine Arme.

Entsetzt zuckte sie zurück, stieß aber gegen die Spüle. »Spinnst du?«

»Pia, ich werde noch verrückt, wenn ich dich nicht endlich küssen kann.« Schon senkte er den Kopf und verschloss ihren Mund mit einem heißen Kuss.

Bitte, was war das?

Pia wusste nicht, was sie zuerst machen sollte. Ihre Hände in seinen Oberkörper stemmen und ihn wegstoßen, oder die Arme um seinen Hals schlingen und seinen Kuss erwidern? Seine Lippen bewegten sich so sanft auf ihren, dass sie froh war, dass ihre Knie nicht nachgaben. Sämtliche Sensoren waren in Alarmbereitschaft, so sehr berührte sie dieser Kuss.

»Komm schon, küss mich.«

»Was?« Entgeistert ruckte Pia nach hinten und starrte Alexander an. *Wollte er sie jetzt verschaukeln?* Er sagte kein Wort, während er mit brennenden Augen vor ihr stand.

»Und was ist mit Lexi?«, war das Erste, was ihr einfiel.

»Was soll mit ihr sein?« Alexander ließ sie nicht los, sondern zog sie mit der Hand näher an sich.

»Du bist doch verknallt in sie«, flüsterte sie mit bebender Stimme.

»Wer sagt das?« Alexander grinste breit und küsste sie deutlich energischer und trotzdem gefühlvoll. Er schaffte es irgendwie, ihre Zunge ein erstes Mal zu berühren, was Pia einen elektrischen Schlag versetzte. Erneut ruckte sie nach hinten und holte mit knallroten Wangen tief Luft.

»Herrje – Alex, was wird das hier?«, herrschte sie ihn verwirrt an und versuchte, ihre Hände stillzuhalten, die eigentlich viel lieber auf Entdeckungsreise gehen wollten.

»Ein Kuss soll das werden – irgendwann mal, wenn du endlich die Klappe halten würdest.«

»Du willst mich küssen?«, flüsterte sie zurück.

»Du hast ja keine Ahnung, was ich wirklich von dir will.«

»Alex ...«

Er unterbrach sie, indem er sie erneut küsste. Dieser dritte Kuss verschlug ihr endgültig den Atem, sie seufzte und lehnte sich an ihn. Minuten vergingen, dann löste sie sich von ihm und suchte verunsichert seinen Blick.

»Aber ... aber, was soll das jetzt?«, fragte sie atemlos. Ihre Finger hatten sich nun endgültig selbständig gemacht und spielten mit seinen Locken.

»Wir küssen uns endlich?«

Pia schnappte jetzt hörbar nach Luft. *»Endlich?«*

»Mensch, Pia!« Alexander zog sie an sich. »Was glaubst du eigentlich, warum ich dir seit Monaten aus dem Weg gehe? Wohl kaum, weil ich in Lexi verknallt bin. Du kapierst auch gar nichts.«

»Was sollte ich kapieren?« Ihre Finger zogen wie von selbst den Gummi von seinem Pferdeschwanz.

»Ich bin schon so ewig in dich verknallt, dass ich gar nicht mehr weiß, wie es sich anfühlt, mich nicht nach dir zu sehnen.«

»Du verkohlst mich jetzt?« Pia ließ die Arme sinken und versuchte, sich aus seinem Griff zu befreien, doch er hielt sie eisern fest, bis sie aufgab. Vorsichtig erwiderte sie seinen nächsten Kuss.

»Fühlt sich so ein Bluff an?«, fragte er leise und ließ seine Hände zu ihrem Po wandern, dann drückte er sie an sich. Pia schnappte unvermittelt nach Luft, als sie seine Erregung bemerkte. »Heiliger Strohsack, Alex!«

»Gott sei Dank. Sie hat's kapiert!« Er senkte den Kopf, um Sekundenbruchteile später an ihrem Hals zu knabbern.

»Hm!« Pia saugte voller Genuss jede Berührung von ihm auf. Noch nie hatte sie sich in den Armen eines Mannes so sicher, so geborgen, so erregt gefühlt. *Gott, war das gut!* Mit jedem Kuss, jeder Berührung, schmolz sie ein wenig mehr dahin.

»Alex, bitte. Wir sollten ...«

»... uns ... endlich ... richtig ... küssen. Ja, ich mach ja schon.« Alexander nahm ihr Gesicht vorsichtig in beide Hände. Er blickte ihr tief in die Augen, senkte Zentimeter für Zentimeter den Kopf, ohne den Blick zu unterbrechen.

Endlich spürte sie seine Lippen fest und trotzdem unendlich zart auf ihren und seine Zunge öffnete spielerisch ihre Lippen. Pia schob ihre Hände unter sein T-Shirt und strich über seinen warmen Rücken, während sie immer weiter in einen leidenschaftlichen Kuss versanken, der Pia vollkommen aus dem Gleichgewicht brachte. Mit dem letzten Funken an Verstand löste sie sich von Alexander und starrte ihn an.

»Äh ... ich bin deine Schwester!«

»Stiefschwester«, korrigierte er, »und ich hege wahrlich keine brüderlichen Gefühle für dich.«

»Stopp!« Als er sie erneut küssen wollte, wand sie sich aus seiner Umarmung und trat zwei Schritte zurück, bis sie erneut von der Spüle gebremst wurde.

»Bitte! Time-out!« flehentlich sah sie ihn an, als sähe sie ihn zum ersten Mal. Sie konnte nicht fassen, was er da sagte. »Alex, das haut mich jetzt alles irgendwie um!«

»Du haust mich um, und zwar schon immer!« Er grinste sie jungenhaft an.

Bei Pia machte es Klick – ein Puzzlestück nach dem anderen reihte sich in der richtigen Reihenfolge ein.

»Aha? Ich gehe dir wohl gar nicht auf die Nerven?« Sie merkte selbst, wie ein Strahlen ihr Gesicht überzog, und wusste genau, ihre Augen funkelten vor Glück.

»Unter die Haut träfe es eher.« Alexander grinste breit und strich ihr mit dem Zeigefinger zart über die Wange. »Ich war völlig von der Rolle, als ich gemerkt habe, wie sehr ich dich liebe und wie wahnsinnig eifersüchtig ich auf jeden deiner Lover bin.«

»Na, so viele hatte ich jetzt auch wieder nicht.«

»Stimmt.« Er gab ihr einen Kuss. »Ich hatte trotzdem ständig Angst, mich zu verraten.«

»Huh!« Pia wedelte sich mit der Hand Luft zu. Dieses Geständnis haute sie jetzt endgültig von den Socken. Er fühlte genau wie sie und hatte wohl mit denselben Gewissensbissen gekämpft. Erleichtert hob sie den Kopf. »Nun ja, dann sollten wir wohl mal deinem und meinem Elend ein Ende bereiten.« Sie grinste und beide gingen aufeinander zu, Pia hob die Arme ...

»Was macht ihr denn da?«

Beide fuhren herum und sahen Tobias im Schlafanzug in der Küchentür stehen. Sein vorwurfsvoller Blick sprach Bände. »Ich hab schon zigmal gerufen, aber keiner kommt.«

»Oh Tobi – sorry, aber ... Äh ... uns ist was dazwischen gekommen.« Pia grinste Alexander strahlend an und schnappte sich ihren anderen Bruder. »Ich komme. Ich muss mich eh umziehen.«

»Warum bist du so nass?« Während sie ihn ins Bett steckte, erklärte sie ihm ihr Malheur. Doch Pia war nicht wirklich bei der Sache, denn als sie in ihrem Zimmer ihr T-Shirt wechseln wollte, hörte sie ein empörtes Rufen aus Tobias' Zimmer. »Und wer macht jetzt das Licht aus?«

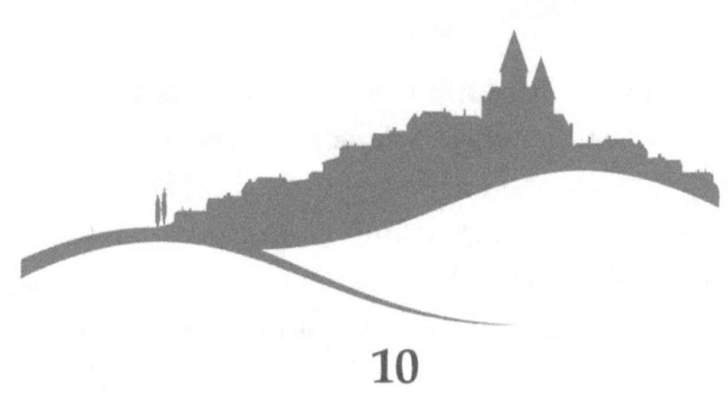

10

»Sie hat mich geküsst!« Alexander starrte in die dunkle Nacht. Leise Musik erfüllte den Raum. Er spürte Pias Nähe, noch ehe er sie kommen hörte. Sie kam näher und umarmte ihn von hinten.

»Ich kann das alles nicht glauben«, flüsterte es an seinem Rücken.

»Pia, wie groß sind meine Chancen jetzt?« Er drehte sich um und zog sie an sich. »Null oder weniger?«

»Bisschen mehr ist es schon.« Pia grinste und deutete mit Zeigefinger und Daumen einen Abstand von einem Zentimeter an, dann brach sie in ein helles Lachen aus und breitete zusätzlich die Arme weit aus. Sie nahm seine Hand und drückte sie an sich. »Oh, Alex. Mein Herz klopft, als wolle es rausspringen.«

Er fühlte ihren Herzschlag unter seiner Handfläche, dann drehte er den Spieß um. »Meinst du vielleicht meines nicht?«

Pia hob den Kopf an und sah ihm staunend in die Augen. »Das fühlt sich alles an wie ein Traum.«

»Pia, ich liebe dich und ich hoffe wirklich, dass das kein Traum ist, aus dem ich wieder aufwachen muss.« Er neigte den Kopf und küsste sie zärtlich.

Erleichtert registrierte er, wie sie sich vertrauensvoll an ihn schmiegte. Nachdem er den Kuss beendet hatte, umrahmte er mit der Hand ihre Wange.

»Hast du eine Ahnung, wie lange ich schon mit meinen Gefühlen für dich kämpfe? Ich habe mir immer und immer wieder vorgebetet, dass ich dein Bruder bin. Dass es nicht geht, aber von Jahr zu Jahr wurden meine Gefühle für dich tiefer.«

»Oh, Alex.« Pia strich liebevoll über seinen Hals. »Und was war dann in Radstadt los?«

»Das willst du gar nicht wissen.«

»Doch ... eigentlich schon.« Pia ließ ihn nicht aus den Augen. »Wir haben getanzt, dann ...«

Alexander sah ihr an, dass sie begriff, denn ihre Augen wurden kugelrund. Sie biss sich auf die Lippen und senkte grinsend den Blick. »Du warst ...«

»... und wie. Für dich war es immer so normal mich zu berühren, für mich war es Folter.«

»Oh, Alex.«

»Kannst du auch mal was anderes sagen, als immer nur *Oh, Alex?*«, fragte er und zog sie wieder an sich.

»Oh, Alex ...«, sie grinste jetzt richtig breit, dann wurde sie ernst. »Alex, ich liebe dich! Mir ging es die ganze Zeit doch auch so.« Sie küsste ihn zum ersten Mal von sich aus.

»Wir waren schön blöd.«

Seine Küsse wurden fordernder und länger. Wie ausgehungert umarmten und streichelten sie sich. Irgendwann standen sie nicht mehr, sondern lagen eng aneinandergeschmiegt auf dem Sofa. Nur die Musik war zu hören, dazwischen zärtlich geflüsterte Worte und Seufzer. Entschuldigungen, Erklärungen und immer wieder zärtliche Küsse.

»Meinst du, Tobias schläft endlich?«

»Warum?« Pia klimperte mit den Augenlidern.

»Weil ich dich mit Sicherheit nicht hier auf dem Sofa lieben werde, sonst kann ich hier nie mehr sitzen, ohne ständig rot zu werden.«

Pia lachte belustigt, dann stand sie auf, streckte ihm die Hand entgegen und zog ihn hoch. »Gut, dann stellt sich nur noch die Frage, mein Zimmer oder dein Zimmer?«

»Deins, dann wird endlich mein Traum wahr.« Alexander beugte sich zu ihr und wieder fanden sich ihre Lippen. Fast schon vertraut spielten ihre Zungen miteinander. Schon beim ersten Kuss hatte er bemerkt, Pia zu küssen war ganz anders, als er sich je vorgestellt hatte. Sie gab und nahm gleichzeitig, und zwar so unbekümmert, dass er sofort Gewissheit hatte, sie war mit jedem einzelnen Nerv bei ihm. Sie wollte ihn, genauso heftig, wie er sie wollte. Und trotzdem war jeder Kuss ein Entdecken, ein Kennenlernen, ein Fiebern! Ein Fiebern auf mehr und gleichzeitig ein Fiebern, nicht augenblicklich die Kontrolle zu verlieren.

Jahre hatte er auf diesen Moment gewartet und jetzt zitterten ihm seine Hände. Immer wieder hatte er sich diesen Moment vorgestellt, doch nicht im Traum hätte er daran gedacht, dann so zu fühlen. Er wollte sie, drängend, am besten auf der Stelle und gleichzeitig wollte er sich Zeit lassen und genießen. Er wollte sie langsam aus ihren Kleidern schälen, um Zentimeter für Zentimeter ihres wunderschönen, schlanken Körpers zu erkunden.

»Pia, bist du sicher?«

»Bist du sicher – was? Bin ich sicher, dass ich nicht schwanger werde, oder bin ich sicher, dass ich das hier will?«

Himmel – warum waren Frauen immer so kompliziert? Alexander konnte ihre Antwort auf beide Fragen nicht einschätzen. »Nun ja, beide Fragen sind irgendwie berechtigt. Findest du nicht?«, fragte er vorsichtig nach.

»Süß. Du bist der erste Mann, der sich Gedanken um mich macht.« Pia zog ihn mit sich. »Beide Fragen kann ich mit einem nachdrücklichen *Ja* beantworten. Ich bin sicher!«

Alexander überholte sie noch auf der Treppe und riss sie oben angekommen, sofort wieder lachend in eine Umarmung. Dann bugsierte er sie mehr verschlingend als küssend, Schritt für Schritt in ihr Zimmer, verschloss die Tür und führte sie anschließend Richtung Bett.

»Ich hatte null Ahnung«, flüsterte Pia, als er ihr endlich Zeit zum Luftholen ließ. Sie schob sein T-Shirt nach oben und half ihm, es auszuziehen. »Ich liebe dich und ich bin heute wahrscheinlich nicht sehr geduldig. Du wohl auch nicht.« Sie fuhr ihm mit der Handfläche über seine Brust und er holte zischend Luft.

»Erwischt! Wir sollten einen Zahn zulegen oder …«

Pia unterband seine Worte, indem sie ihm in die Unterlippe biss, dann fuhr sie mit der Zunge besänftigend darüber und vertiefte den Kuss. Alexander unterdrückte ein Stöhnen. Diese Frau war noch viel wunderbarer und erregte ihn mehr, als er je gedacht hätte. Er schob seine Hände in ihre Jogginghose, dann in ihren Slip und streichelte sie mit kreisenden Bewegungen, zog sie näher und rieb sich an ihr. Pia beantwortete jede seiner Bewegungen mit einem Seufzer und schließlich half er ihr, sie und sich auszuziehen. Endlich konnte er sie zum ersten Mal eingehend betrachten. Sie stand still vor ihm und ließ ihn mit einem zauberhaften Lächeln auf den Lippen gewähren. Ihre Natürlichkeit raubte ihm den Atem.

»Du bist so wunderschön!«

»Du doch auch.« Pia klaubte erneut das Haarband aus seinem Pferdeschwanz und zerzauste mit beiden Händen seine lockige Mähne. »Überall Locken. Hier ...«, sie schob sich auf die Zehenspitzen und küsste ihn, »... und hier«, und streichelte ihn auf seiner Brust. Dann glitt ihre Hand tiefer. »Und da.«

Alexander hielt augenblicklich die Luft an, als er ihre Berührung spürte, dann setzte sein Denken aus. Als er wieder zu sich kam, lag er mit ihr in ihrem Bett und küsste Pia um den Verstand, während er jeden Quadratzentimeter ihrer Haut erforschte. Er verlor jegliches Zeitgefühl, hätte hinterher nicht sagen können, ob sie sich Minuten oder Stunden gestreichelt hatten, doch eines wusste er genau: Das hier war alles, was er jemals gewollt hatte.

»Pia. Mach mich bitte hinterher nicht zur Schnecke, wenn das hier schneller rum ist, als ich wollte.«

»Niemals, das hier ist der absolute Wahnsinn«, flüsterte sie atemlos.

Alexander schloss die Augen und betete stumm um ein paar Minuten Verschnaufpause. Aber Pia raubte ihm auch die, indem sie ihm so einfach und natürlich entgegenkam, dass er nur noch hoffen konnte, dass ihr die kurze Zeit reichte, um ebenfalls Erfüllung zu finden.

Pia erwachte am nächsten Morgen von einer nassen Zunge, die über ihr Gesicht fuhr. »Oh, Tucker, nicht!«

»Will er raus?« Alexander rappelte sich auf, starrte über ihre Schulter auf den Hund und zog eine Grimasse. Dann schob er sich näher an Pia und knabberte an ihrem Ohr. »Alles klar, mein Schatz?«

»M-hm«, murmelte Pia verträumt und bewegte vorsichtig ihre Gliedmaßen. Alle gehorchten, was nach dieser Nacht nicht selbstverständlich war. »Gib mir einen Kuss, bitte.«

Alexander ließ sich nicht lange bitten, doch Tucker winselte kläglich. »Ich gehe kurz raus mit ihm.«

»Danke.« Pia nutzte die Gelegenheit und kuschelte sich tiefer in ihre Bettdecke. Glücklich sah sie ihm zu, wie er sich in Windeseile anzog. Es war wie ein Traum gewesen, in seinen Armen zu liegen, ihn ein ums andere Mal zu lieben und schließlich, seinem Herzschlag lauschend, einzuschlafen.

Diese Glücksgefühle galt es nun, für immer und ewig abzuspeichern. So fühlte man später nie mehr und trotzdem war sie sich ihrer und Alexanders Liebe absolut sicher. Es fühlte sich so richtig, so komplett an!

»Boah! Du bist ja eiskalt.« Pia zuckte zusammen, als Alexander kurze Zeit später neben ihr ins Bett kroch und sie umarmen wollte. Als sie seine kalten Hände spürte, rückte sie entsetzt ab.

»Es liegen zwanzig Zentimeter Schnee und es ist arschkalt«, verkündete er und streichelte ungeachtet ihres Protestes ihre Brust.

»Da siehst du mal, was ich jeden Morgen mitmachen muss.«

»Ich könnte ja Abhilfe schaffen.«

»Ach was?« Pia drehte sich in seinen Armen um und küsste ihn. »Wie?

»Indem du mich doch noch endgültig einziehen lässt?«

»Muss ich mir erst noch überlegen.« Pia grinste, dann wurde sie ernst. »Alex, wie bringen wir das Mama und deinem Vater bei?«

»Dazu fällt uns bestimmt was ein. Nachher!« Er unterbrach ihre Überlegungen, indem er sie unmissverständlich küsste.

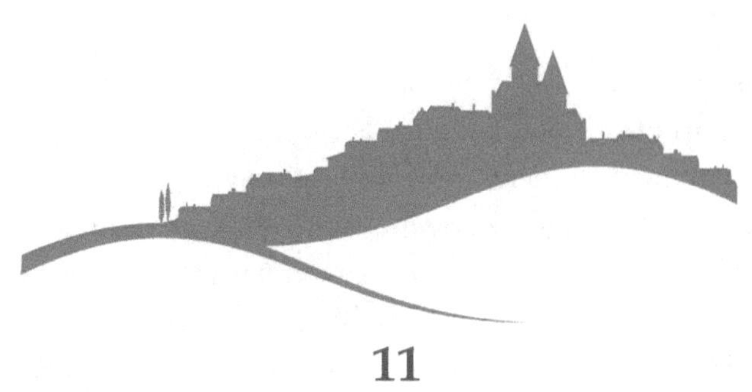

11

»Was ist denn mit dir passiert?« Alexandra stellte eine dampfende Tasse Kaffee vor Pia auf den Tisch und nahm sie genauestens unter die Lupe.

»Warum?« Pia verkniff sich ein zufriedenes Grinsen und stellte sich dumm.

»Du siehst aus wie eine Katze, die einen Becher Sahne geschleckt hat.«

»Kommt fast hin.« Pia konnte ihr Grinsen nicht mehr unterdrücken. »Nur besser als Sahne.«

»Könntest du dich bitte etwas genauer ausdrücken?«

Sie wurden unterbrochen, als Alexandras Ladentür aufging, eine unbekannte Frau in die Buchhandlung huschte und nach ein paar Schritten anhielt und sich im Laden umsah.

Pia trat zur Seite und machte Platz, damit Alexandra freie Sicht hatte. Schon fragte diese auch nach: »Kann ich Ihnen helfen?«

»Ich suche zwei Kinderbücher.« Die Unbekannte kramte in ihrer riesigen Handtasche und Pia hatte Zeit, die Frau genauer in Augenschein zu nehmen. Irgendwie kam sie ihr bekannt vor. Als diese kurzzeitig den Kopf hob und die langen Haare nach hinten schwangen, sah sie genauer hin.

Eine rote Narbe war unter dem Make-up zu erkennen, die sich vom Haaransatz bis zum Kiefer zog. Pia versuchte sich ihren Schrecken nicht anmerken zu lassen. Irgendwoher in ihren Erinnerungen klingelte es, diese Augen, die kamen ihr so bekannt vor. Sie wechselte einen kurzen Blick mit Alexandra, die offenbar die Narbe ebenfalls gesehen hatte.

»Hier, ich hab's. Verzeihung«, meinte die Unbekannte mit leiser Stimme und zog einen Zettel aus der Handtasche. »*Der Kartoffeltroll* und *Molly Wiesenfee*. Das würde ich gern an diese Adresse schicken lassen.«

Als sie Alexandra den Zettel reichte, konnte Pia weitere unschöne Narben auf dem Handrücken entdecken. Sie wandte den Blick ab, auch wenn sie sich wie magisch angezogen fühlte.

»Die habe ich nicht auf Lager, aber ich kann sie Ihnen gerne bestellen.« Alexandra tippte auf ihrer Tastatur. »Sie wären morgen schon da. Reicht das?«

Die Unbekannte nickte und reichte Alexandra den Zettel. »Hier die Adresse. Was bin ich schuldig?« Sie drehte sich um und wollte zur Kasse kommen.

»Hollbach, Hollbach ... Daniela?« Alexandra hielt inne, den Namen in den PC zu schreiben und starrte die Frau an, wie Pia grinsend von ihrem Posten neben dem Tresen beobachten konnte.

»Äh ... ja. Ich bin Daniela Hollbach.« Die Unbekannte bekam vor Verlegenheit rosige Wangen.

»Ich fasse es nicht. Daniela Hollbach, Dani. Ich bin Lexi, Alexandra Frey.«

»Lexi?« Jetzt wurde die Unbekannte knallrot. Sie nahm

zögernd Alexandras angebotene Hand. »Lange nicht gesehen«, murmelte sie.

»Allerdings! Wo warst du denn all die Jahre?«

Pia beobachtete, wie Alexandra die Musterung fortsetzte, was Daniela Hollbach offenbar ebenfalls nicht verborgen blieb, denn sie zog sich merklich zurück.

»In England«, antwortete diese steif.

»Und jetzt bist du wieder hier?«

»Nur auf Besuch.« Die Fragen waren Daniela Hollbach sichtlich unangenehm. Alexandra bemerkte dies umgehend und meinte nur noch abschließend: »Nun ja, die Bücher werden morgen da sein. Keine Sorge, ich lasse sie dann gleich ausliefern. Möchtest du eine Karte noch beilegen?«

»Danke, nein, das ist nicht nötig!« Hastig bezahlte sie und verabschiedete sich dann überstürzt.

Alexandra konnte ihre Überraschung nicht mehr verbergen, kaum, dass sie aus der Tür verschwunden war. »Heiliges Kanonenrohr! Das war jetzt sehr seltsam.«

»Allerdings war das etwas spooky. Die Arme, ich konnte kaum den Blick von der Narbe nehmen. Hatte sie diese schon immer?« Pia schüttelte den Kopf.

»Das ist es ja. Die war früher der Schwarm der ganzen Schule. Bildschön, total talentiert am Piano. Wollte Musik studieren. Kennst du sie nicht?« Alexandra blickte Pia fast entsetzt an, doch die schüttelte den Kopf und so erklärte sie weiter: »Irgendwas war dann aber vor dem Abi, ich erinnere mich aber nicht mehr.«

»Wird dann wohl ein Unfall gewesen sein.«

»Ja, schrecklich.« Alexandra lächelte Pia an. »So, meine

Liebe, nun zu dir. Lass mal die Katze aus dem Sack. Was ist passiert?«

»Was soll passiert sein?« Pia konnte nicht umhin, Alexandra noch ein wenig auf die Folter zu spannen.

»Du hattest Sex!«, warf Alexandra ihr gnadenlos an den Kopf.

Pia lief dunkelrot an. »Lexi!«

»Stimmt es – oder stimmt es nicht?«

»Ja ... aber woher weißt du das?«

»Das sehe ich an dem Funkeln in deinen Augen.« Alexandra beugte sich vertraulich zu Pia und flüsterte ihr ins Ohr: »Sag nicht, dass dieser Volltrottel endlich mit dir geredet hat.«

»Alex ist kein Volltrottel!«

»Erwischt!« Alexandra schüttelte sich vor Lachen. »Ich wusste es.« Sie deutete mit Zeige- und kleinem Finger auf Pias Augen und grinste. »Die Augen verraten alles. War's schön?«

»Du kannst mich mal.« Pia drehte sich um und versuchte, ihre Verlegenheit in den Griff zu bekommen, doch Sekunden später wandte sie sich wieder strahlend zu ihrer besten Freundin um. »Gigantisch träfe es eher.«

»Schön!« Alexandra zog Pia in die Arme. »Das freut mich für euch. Hat ja irgendwie lang genug gedauert, bis ihr euch endlich eingestanden habt, was eigentlich jeder seit Jahren wusste.«

»Bitte?« Pia blieb der Mund offenstehen.

»Pia, nimm dir mal die Zeit und sieh dir deine Bilder an. Du liebst ihn schon seit Jahren, auch wenn es dir vielleicht nie bewusst war. Und andersrum auch. Für Alex hat es nie wirklich eine andere Frau gegeben.« Alexandra tätschelte

Pias Schulter, die sie sprachlos anstarrte und nicht so recht glauben konnte, was sie da eben hörte.

»Guck deine Bilder an. Und wag ja nicht, jemand anderen als mich zu deiner Trauzeugin auszuwählen. Du hast Kunden ...«, deutete Alexandra auf die andere Straßenseite.

»Ich bin jetzt völlig verwirrt«, stotterte Pia. »Ich muss mal eben ...«

»... meine Kundschaft versorgen«, ergänzte Alexandra.

Pia stolzierte aus Alexandras Laden, während ein lautes Kichern hinter ihr her wehte.

Epilog

Weihnachten kam so schnell, dass Alexander noch beim Schmücken des Tannenbaumes am Nachmittag des Weihnachtsabends überlegte, ob er die letzten drei Wochen geträumt hatte. Mit Pia zu leben, sie zu lieben, mit ihr im Arm jeden Abend einzuschlafen, war ein einziger Traum.

»Lametta oder kein Lametta?« Sein Traum betrat das Wohnzimmer und schleppte den letzten Karton herbei, den sie auf dem Dachbogen gefunden hatte.

»Kein Lametta.« Alexander schüttelte sich. Erstens fand er dieses Glitzerzeug bescheuert und zweitens hatte er keine Lust, Faden für Faden so akribisch über die Zweige zu legen, wie es sein Vater Jahr für Jahr praktizierte. »Ich finde, Kugeln und Schokolade reichen.« Er legte den Arm um Pias Schultern und zog sie an sich. Dabei lächelte sie ihn so selig an, dass ihm ganz warm ums Herz wurde.

»Find ich auch.« Tobias schnappte sich einen Schokoladentaler, der am Tannenbaum hing, und schob ihn in den Mund.

»Ich muss euch loben, ihr habt den Baum wunderschön geschmückt. Wir machen nachher ein Bild und schicken es an Mama und Papa. Um elf rufen sie an.«

»Tobi und ich haben nur den Baum geschmückt. Den

Weihnachtszauber hast du uns ins Haus gebracht, mein Schatz.« Alexander sah sich um. Überall hatte Pia in den letzten Wochen weihnachtliche Deko aufgestellt. Kerzen standen in jedem Fenster und tauchten das Haus in eine romantische Stimmung. Sie hatte an alles gedacht, selbst den Adventskalender für Tobias hatte sie nicht vergessen. Alles leuchtete und strahlte – inklusive Pia.

Er küsste sie zärtlich auf den Mund und gab seinem kleinen Bruder einen Klaps auf den Kopf, als er hörte, wie der *Immer diese Küsserei* murmelte. Tobias hatte zwar mit Verwunderung aber mit viel Freude die Tatsache aufgenommen, dass Pia und Alexander jetzt ein Paar waren. Gleich am nächsten Morgen hatten sie sich die Zeit genommen und ihm alles erklärt, auch wenn sie nicht sicher waren, ob er alles verstanden hatte. Er freute sich und das war die Hauptsache.

»Ich muss nach dem Braten sehen.« Pia löste sich widerwillig von Alexander und eilte Richtung Küche, wo ihr ein verführerischer Geruch entgegenwehte. Zur Vorsicht ließ sie noch eine Mahnung im Raum stehen: »Finger weg von den Geschenken, Tobi! Erst Essen, dann Bescherung.«

»Du bist ja genauso schlimm wie Mama!«, hallte die Beschwerde ihr nach.

»Hat sich Tabea inzwischen geäußert?«, fragte Alexander, der ihr gefolgt war.

Pia schüttelte den Kopf. »Sie kommt in der zweiten Januarwoche wieder. Sie hat mir aber versprochen, dass sie mir dann Bescheid gibt, ob sie als Partnerin bei mir einsteigt.«

»Und was sagt dein Gefühl?« Alexander strich über ihre Schultern.

»Dass sie ablehnt. Ich fürchte, sie wird sich nicht endgültig von Celle trennen können.«

»Schade eigentlich.«

»Ja – sehr schade. Wenigstens hilft sie mir noch bis Ostern.« Pia drehte sich zu Alexander um und legte den Kopf schräg. »Ich glaube, wir wären ein gutes Team gewesen.« Pia seufzte, dann nahm sie Alexanders Hand und verschränkte ihre Finger mit seinen.

»Und wenn ich in dieser Situation wäre und dir wäre etwas passiert, dann würde ich versuchen, irgendwo anders neu anzufangen, um nicht ständig mit den Erinnerungen konfrontiert zu werden. Mir bricht das Herz, wenn ich ihren Schmerz sehe.«

»Jetzt gib mal die Hoffnung nicht gleich auf. Vielleicht sieht sie das ja auch so. Du tust ihr auf jeden Fall gut. Sie braucht einfach noch Zeit – gib ihr die auch. Setz sie nicht unter Druck! Vielleicht überlegt sie es sich bis Ostern doch noch anders?«

»Schön wär's.«

Nach der Bescherung kehrte Ruhe ein. Tobias baute seine Legohäuser auf, die er geschenkt bekommen hatte, und alle warteten, bis die Eltern sich meldeten.

»Ich hab noch was für dich.« Pia stand vor Alexander und versteckte etwas hinter ihrem Rücken.

»Bekomme ich es auch?«, fragte Alexander, als sie keine Anstalten machte, es ihm zu geben.

»Was?« Verwirrt riss sie sich von seinem Anblick los. Sie konnte sich nicht sattsehen an ihm, und die Tatsache, dass er sie ebenfalls liebte, versetzte sie jedes Mal erneut in Erstaunen. »Ach ja, hier. Vielleicht war ich ein bisschen zu sentimental …«

Lächelnd sah sie zu, wie Alexander das Geschenkpapier aufriss und dann ein Buch in Händen hielt. Sie setzte sich neben ihn auf das Sofa und wartete. Erfreut sah sie seine überraschte Miene, als er das Buch aufschlug und das Foto entdeckte, das die komplette erste Seite ausfüllte.

»Wo war denn das?« Alexander legte den Arm um ihre Schulter.

»Auf Sylt. Siehst du, was ich sehe?« Pia drückte ihm einen Kuss auf die Wange, dann sah sie das Bild an. Darauf waren Alexander und sie zu sehen, wie sie sich gegenübersaßen und sich tief in die Augen blickten. Ein verliebtes Pärchen, mochte man auf den ersten Blick glauben. Doch damals war weder Pia noch Alexander diese Tatsache bewusst gewesen, die jeder Betrachter auf Anhieb erkannte.

»Ich bin all die Jahre blind gewesen. Guck mal, wie du mich da anschaust.« Pia tippte auf ein anderes Foto, auf dem sie vor Alexander stand und er lächelnd zu ihr hinuntersah.

»Ist ja peinlich. Hoffentlich hat das keiner gemerkt.«

»Den Zahn muss ich dir leider ziehen. Lexi wusste es und ich bin mir ziemlich sicher, dass wir Mama und Fred auch nicht viel erklären müssen.« Pia schmunzelte, als er leicht errötete.

»Gibt es so was auch von dir?«, fragte er neugierig.

»Ich musste lange suchen, hier wäre was Ähnliches.« Pia suchte das Bild vom Abiball, auf dem sie neben ihm stand und ihn strahlend anhimmelte.

»Das hier.« Alexander tippte auf das Bild, dann sah er ihr tief in die Augen. »Das hier, Pia, das lassen wir uns nie mehr nehmen.«

Gemeinsam blätterten sie durch das Album. Jede Seite zeigte ein oder zwei Bilder, auf denen sie zusammen abgebildet waren. Eine Chronologie ihrer Freundschaft und Liebe, von Anfang an bis zum letzten Bild vom vergangenen Wochenende, das Tobias aufgenommen hatte.

»Danke, Schatz!« Er beugte sich vor, um sie zu küssen. »Ich kann dich jetzt leider mit keinem so tollen Geschenk überraschen, aber ich kann dir etwas versprechen.«

»Alex, du musst jetzt nicht ...«

»Ssssch.« Alexander unterbrach sie mit einem Kuss. »Ich möchte dir versprechen, dass ich alles tun werde, dass uns das hier bleibt.« Er legte die Hand auf sein Herz. »Und ich möchte mit dir eine Familie gründen, so schnell wie möglich. Ich brauche nicht noch zehn Jahre, um zu wissen, dass du wirklich die Richtige bist. Ich weiß es, Pia!«

»Alex!« Pia verschlug es die Sprache.

»Ich kenne dich so gut und es ist trotzdem so wunderschön, dich jetzt noch von einer anderen Seite kennenzulernen. Ich wünsche mir, dass wir endgültig zusammengehören und als Familie wachsen.«

»Oh – mein – Gott!« Pia presste die Hand an ihr Herz. »Mein Herz springt mir gleich aus der Brust. Das war die schönste Liebeserklärung, die ich ...«

»Mama!« Tobias unterbrach den innigen Moment, als das MacBook piepste.

»Hallo, meine Lieben, wie geht es euch?« knisterte die

Stimme ihrer Mutter durch den Lautsprecher, dann endlich war das Bild stabil. Man konnte Marie und Fred erkennen, im Hintergrund blaues Meer, Sand und Palmen.

»Mama, ich habe zwei Legohäuser bekommen. Eins von Pia, eins von Alex.«

»So? Na, offensichtlich ist alles beim Alten. Die sind sich ja mal wieder absolut einig.«

»Stimmt doch gar nicht.« Pia protestierte. »Fröhliche Weihnachten, auch wenn bei euch schon der erste Feiertag ist.«

»Fröhliche Weihnachten. Hast du alles im Griff?«

»Mehr oder weniger.« Pia lächelte und drückte die Hand von Alexander. »Wir streiten uns nur noch ganz selten.«

»Wer's glaubt?« Ihre Mutter sah selbst durch die Entfernung sehr skeptisch aus.

»Wirklich.« Alexander mischte sich ein.

»Das glaubt ihr doch selbst nicht.« Die Stimme ihrer Mutter klang verzerrt. »Tobias, wie ist es wirklich? Sehr schlimm?«

»Nö. Die küssen sich dauernd. Mama, das ist voll eklig!« Im Brustton der Überzeugung brüllte Tobias ins MacBook, als ob er bis zu den Salomonen schreien müsste.

»Wer küsst sich?« Fred drängelte jetzt nach vorn.

»Na, Pia und Alexander, die ganze Zeit.«

Pia grinste Alexander an und schlang den Arm um seine Taille. Das verdatterte Gesicht ihrer Mutter war sehenswert. Dann wurde die Verbindung aber zusehends schlechter und man konnte nur noch erkennen, wie Fred den Daumen senkrecht nach oben streckte, bevor der Bildschirm schwarz wurde.

»Ich werte das als Zustimmung.« Pia wuschelte Tobias über seine Locken. »Danke, Tobi. Du hast uns echt eine lange Erklärung erspart.«

Mein Dank gilt wie immer zuerst meiner Familie, die mir Zeit und Raum lässt, meine Geschichten niederzuschreiben. Doch mit dem Niederschreiben ist es leider nicht getan, hinzu kommen endlose Korrekturen, Änderungen und Einfügungen, bis endlich das ganze Werk steht. Und oftmals kämpft mein Autorinnenherz harte Schlachten mit dem Mutterherz, denn ab und zu kommen die Kinder einfach zu kurz. Ohne die Hilfe meines Mannes wäre ich verloren!

DANKE, auch für die Geduld mit mir!

Das nächste Dankeschön geht wie immer an meine treuen Testleser Claudi, Gabi, Ines, Petra und Ursu, die oftmals an meinen unfertigen Werken schier verzweifeln, aber immer geduldig meinen Gedankengängen zu folgen wissen und auch wertvolle Ideen beisteuern.

Weiter gilt der Dank und die Anerkennung meinen Autorenkolleginnen Susanne Feiner, Sonja Ganning und Ulrike Schmied, die die Endfassung lektoriert haben. Uli sei noch einmal separat erwähnt, da sie für mein Marketing verantwortlich zeichnet – Danke!

Nicht mehr wegzudenken aus meinem kleinen Team ist Corina Witte-Pflanz – ooografik.de, die mich immer wieder mit ihren Ideen und Vorschlägen für ein Buchcover zum Träumen bringt und dafür sorgt, dass sich meine Hauptdarsteller wie in eine warme, behagliche Decke gehüllt fühlen – Danke!

Herzlichen Dank an Ulrike Dietmann, www.spiritbooks.de, fürs »Drübergucken« und »Absegnen«.

Außerdem ein herzliches Dankeschön Euch allen für das gegenseitige Vertrauen, die kreativen Gespräche, das Lachen und ...

... Eure Freundschaft möchte ich nicht mehr missen!

Autorin

Gabi Schmid wuchs im Norden Stuttgarts auf, wohnt und arbeitet seit 1998 in Korntal-Münchingen. »Gleichklang« und »Touché« lauten die Titel ihrer ersten Romane, die 2013 und 2014 erschienen sind. Seit 2013 schreibt sie auch an der »Mittsingen-Reihe«. Mit dieser Reihe ist sie inzwischen weit über das Strohgäu hinaus bekannt.

Beim Joggen über die Felder entstehen ihre eigenen Geschichten oder sie malt sich in Gedanken das Layout für die Bücher ihrer Kunden aus. Als Layout-Schmiede der Büchermacherei ist sie Ansprechpartnerin für Buchsatz, E-Book-Erstellung und für Schulungen rund um die Themen Buchsatz und Selfpublishing. Sie hat die Ausbildung zur Freien Lektorin (ADM) absolviert und ist Mitglied im Verband der Freien Lektorinnen und Lektoren e.V. (VFLL).

Mehr Informationen findet man auf ihren Websites unter:
buechermacherei.de | buchsatzkompass.de | gabi-schmid.de

Liste der Hauptdarsteller

Band 1 – Herbststürme

Pia Röcker, 26 Jahre alt, Fotografin

Alexander Pröhl, 28 Jahre alt, angehender Wirtschaftsprüfer

Tobias Pröhl, 10 Jahre alt, der Halbbruder von Pia und Alex

Marie Pröhl, Pias und Tobias' Mutter, Alexanders Stiefmutter

Fred Pröhl, Vater von Alexander und Tobias, Pias Stiefvater

Doktor Heidi Wartmann, Nachbarin, Kinderärztin und Leiterin der Hubschrauber-Rettungsstaffel am Kreiskrankenhaus Eschingen

Nia Klieber, Kriminalbeamtin und Europameisterin im Bouldern

Nach einem tödlichen Verkehrsunfall der Eltern übernimmt Alexandra die Verantwortung für ihre beiden jüngeren Geschwister. Ihre eigenen Träume muss sie schweren Herzens begraben. Jahre später droht ihre sechzehnjährige Schwester Nathalie zu erblinden und der Arzt, der Nathalie helfen kann, ist ausgerechnet der Mann, der Alexandra nach dem Unfall hat sitzenlassen.

STERNSCHNUPPEN-REGEN ist Band 2 der Romanreihe, in der wieder die Familie im Fokus steht. Wir treffen die beliebten Charaktere aus Band 1 wieder und erleben mit ihnen einen Sommer voller Überraschungen, Liebe und Freundschaft.

ISBN Taschenbuch: 978 3 8495 7050 7
Auch als E-Book bei Amazon erhältlich

GESCHICHTEN AUS DEM LEBEN...

www.gabi-schmid.de

Zeitfracht Medien GmbH
Ferdinand-Jühlke-Straße 7
99095 Erfurt, Deutschland
produktsicherheit@kolibri360.de